(Parh. Carmontelle,
D'apres Querard)

CONVERSATIONS

DES

GENS DU MONDE,

DANS TOUS LES TEMS

DE L'ANNÉE.

AVERTISSEMENT.

L'ON fe croit obligé de prévenir ceux qui liront cet Ouvrage, qu'ils n'y trouveront rien de neuf, & qu'on n'y a recueilli que ce qu'on entend dire tous les jours : le but de l'Auteur n'eft donc pas d'inftruire ; mais, au contraire, d'apprendre aux Etrangers à parler fans rien dire.

CONVERSATIONS

DES

GENS DU MONDE,

DANS TOUS LES TEMS DE L'ANNÉE,

L'HIVER.

TOME PREMIER.

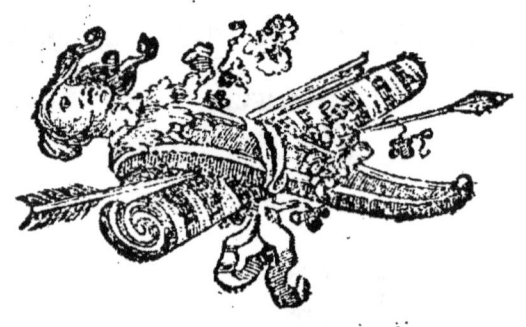

A PARIS;

A l'Imprimerie POLYTYPE, Rue Favart,
Et chez les Marchands de Nouveautés.

1786.

AVIS AU PUBLIC.

CONVERSATIONS des Gens du monde, dans tous les Tems de l'Année :

Ouvrage nouveau, compoſé de Drames, appelés Journées; il y en aura ſix par Saiſon.

L'HIVER.

Les Viſites du Jour de l'An,	Iere. Journée.
La Promotion,	IIeme.
Le Dégel,	IIIeme.
Le Bal,	IVeme.
Le Carême,	Veme.
La Partie de Longchamps,	VIeme.

LE PRINTEMS.

La Vacance des Spectacles,	Iere. Journée.
La Rentrée de l'Opéra,	IIeme.
La Roſiere,	IIIeme.
Les Orangers,	IVeme.
La Promenade des Tuileries,	Veme.
La Maiſon des Boulevards,	VIeme.

L'ÉTÉ.

La Nouvelle des Tuileries,	Iere. Journée.
Le Déſœuvrement de l'Été,	IIeme.

La Vanité Bourgeoise, IIIᵉᵐᵉ.
Le Pavillon du Rempart, IVᵉᵐᵉ.
L'Entre-Chien & Loup, Vᵉᵐᵉ.
Les Nouveaux Venus, VIᵉᵐᵉ.

L'AUTOMNE.

Le Moment de la Promenade, Iᵉʳᵉ. Journée.
Le Répertoire inutile, IIᵉᵐᵉ.
Le Grand Chemin, IIIᵉᵐᵉ.
La Saint Hubert, IVᵉᵐᵉ.
Le Départ de la Campagne, Vᵉᵐᵉ.
Le Retour à Paris, VIᵉᵐᵉ.

Il paroîtra deux Cahiers ou Soirées, par mois, une tous les quinze jours; chaque volume sera composé de six cahiers : le tout formera, par conséquent, quatre volumes dans un an.

Le prix de chaque cahier, pris séparément, est de 24 sols.

On les trouve & on peut se faire inscrire, A PARIS,

A L'IMPRIMERIE POLYTYPE, rue Favart, lettre K.

hez {
ROYEZ, Libraire, quai des Augustins.
BUISSON, Libraire, rue des Poitevins, hôtel de Mesgrigny.
HARDOUIN & GATTEY, au Palais-Royal.
LESCLAPART, rue du Roule.
}

:t chez les Marchands de Nouveautés.

LES VISITES

DU

JOUR DE L'AN.

PREMIÈRE JOURNÉE.

PERSONNAGES.

LA VICOMTESSE DE VERCOURT.

LE COMTE D'ORSOY.

LA MARQUISE DE GUERSON.

L'ÉVÊQUE.

MADAME GAZIN, Marchande de Modes.

HENRIETTE, Femme-de-Chambre de la Vicomtesse.

DUBOIS, Valet-de-Chambre de la Vicomtesse.

LE CHEVALIER DE SAINT-AVREL.

LA DUCHESSE D'AUNIS.

DUVAL, Valet-de-Chambre de la Duchesse.

LE COMMANDEUR.

LA MARQUISE DE CLERCY.

LA BARONNE DE BLEZIERES.

LA COMTESSE DE SOURVILLE.
L'ABBÉ.

DUBUT, Valet-de-Chambre de la Marquise.

DES LAQUAIS.

La Scène est en différens Endroits.

LES VISITES
DU
JOUR DE L'AN.
PREMIÈRE JOURNÉE.

SCÈNE PREMIÈRE.

LA VICOMTESSE, LE COMTE, DUBOIS.

DUBOIS.

Monsieur le Comte d'Orsoy.

LA VICOMTESSE.

Comment, Comte ! c'est une visite du jour de l'an que vous me faites !

LE COMTE.

Sans doute, Madame : je voulois venir hier ; mais il m'a été absolument impossible. N'êtes-vous pas enrhumée ?

A 2

LA VICOMTESSE.

Je ne fais pas, j'ai la tête prife, je n'ai pas dormi de la nuit; cela eft affreux!

LE COMTE.

C'eft ce tems-là.

LA VICOMTESSE.

Pour moi, je le crois.

LE COMTE.

Vous pouvez en être certaine.

LA VICOMTESSE.

Croyez-vous que cet hiver foit long?

LE COMTE.

Je n'en fais rien; tout ce que je puis vous dire, c'eft que les chevaux ne tiennent pas fur le pavé; j'ai cru que je n'arriverois jamais jufqu'ici.

LA VICOMTESSE.

Il eft vrai qu'il y a de la barbarie à fortir par un pareil tems : on rifque fes chevaux, & puis le Cocher, les Laquais...... J'irai pourtant demain à la Comédie.

LE COMTE.

Et vos Chevaux refteront à l'air par ce tems-
là ?

LA VICOMTESSE.

Que voulez-vous, j'ai ma Loge.

LE COMTE.

Eft-ce qu'il y a une Pièce nouvelle ?

LA VICOMTESSE.

Mondieu non ; ce fera peut-être quelque vieil-
lerie, & les mauvais Acteurs, encore : mais c'eft
pour ma belle-fille ; car moi......

LE COMTE.

Ah ! oui, j'entends. Et..... eft-elle à Verfailles, aujourd'hui ?

LA VICOMTESSE.

Oui, elle y eft allé coucher hier, & fon mari
y eft allé ce matin.

LE COMTE.

A propos, & les cordons bleus ?

LA VICOMTESSE.

Eh bien, y en a-t'il ?

A 3

LE COMTE.

Mais fûrement, il doit y en avoir; on veut abfolument que le Marquis le foit.

LA VICOMTESSE.

Cela eft fort néceffaire.

LE COMTE.

Il fera caufe qu'il y en aura quatre.

LA VICOMTESSE.

Je ne faurois m'intéreffer à tout cela, dans ce moment-ci, il n'y a pas un des miens fur le trotoir.

LE COMTE.

Les Gens en place abforbent tout. On dit, d'ailleurs, que ce n'eft pas une grace militaire; mais je n'irai pas, à préfent, me faire courtifan pour l'avoir. Ne trouvez-vous pas que je ferois un joli novice, à mon âge.

LA VICOMTESSE.

Cela ne devroit pas vous arrêter.

LE COMTE.

Ma foi, je n'en fais rien.

SCÈNE II.

LA VICOMTESSE, LA MARQUISE, LE COMTE, DUBOIS.

DUBOIS.

Madame la Marquife de Guerfon.

LA VICOMTESSE.

Quoi, Marquife, c'eft vous?

LA MARQUISE.

Oui, vraiment, c'eft moi-même.

LA VICOMTESSE.

Savez-vous que je vous trouve bien brave, de fortir par ce tems-là!

LA MARQUISE.

Mais, pas mal.

LA VICOMTESSE.

Mettez-vous donc dans ce fauteuil, Marquife; vous ne verrez pas le feu.

A 4

LA MARQUISE.

Je fuis fort bien ici. Ah ça, que je vous dife donc.

LA VICOMTESSE.

Qu'eft-ce que c'eft? Tenez, approchez-vous un peu, par ici. Comte, donnez-lui ce petit écran, non, l'autre.

LA MARQUISE.

Je n'en ai pas befoin.

LA VICOMTESSE.

Allons, dites à préfent.

LA MARQUISE.

Ce font les étrennes de la Vidame : vous les a-t'on dit ?

LA VICOMTESSE.

Non vraiment, à propos ?

LA MARQUISE.

Vous ne devineriez jamais : on ne fait pas d'où cela lui vient ; mais elle a reçu hier au foir une groffe buche de bois de compte avec fon écorce, le tout très-bien imité, en parfilage.

LE COMTE.

Ah! ah! celui-là eſt neuf & de la ſaiſon.

LA VICOMTESSE.

Qu'eſt-ce qui a pu imaginer cela?

LA MARQUISE.

Je vous dis, on n'en fait rien. Il y a encore
quelque choſe, attendez donc que je me ſouvienne.
Ah! c'eſt le portrait de ſon Médecin en buſte.

LA VICOMTESSE.

Auſſi en parfilage?

LA MARQUISE.

Sans doute, vous ſavez qu'elle l'aime beaucoup.

LE COMTE.

Il doit être fort reſſemblant; car il eſt aſſez
jaune, le cher Docteur.

LA MARQUISE.

Ah! n'en dites pas de mal.

LE COMTE.

Moi, je l'aime autant que la Vidame; parce
qu'il mange fort & qu'il boit de même.

LA VICOMTESSE.

En vérité, vous êtes charmante d'être venue.

LA MARQUISE.

Cela ne plaifoit pas trop à mes Gens, que je fortifie; mais j'ai penfé qu'aujourd'hui que tout le monde eft à Verfailles, je ne verrois perfonne que des gens dont je ne me foucie pas; car je n'ai jamais fu faire une lifte, & je n'ai pas voulu faire fermer ma porte & rifquer de m'ennuyer toute feule.

LE COMTE.

Mais vous avez votre beau-frère l'Abbé.

LA MARQUISB.

Oui, qui me dit toujours les mêmes chofes, ou bien des nouvelles du coin de la rue, qui n'ont pas le fens commun, qui ne font jamais vraies, & fur quoi il faut que je difpute; en vérité, cela m'excède & m'abîme la poitrine!

LA VICOMTESSE.

Mais, Madame, favez-vous qu'on a trouvé dans Noftradamus que nous aurions un hiver auffi rigoureux que celui de fept cent neuf?

LA MARQUISE.

Cela pourroit bien être; car ce tems-là eſt
cruel! Je ne ſais ſi la rivière charie; mes Gens me
l'ont ſûrement dit, ils ſavent tout cela eux; mais
je ne me le rappelle pas.

LA VICOMTESSE.

Vous avez là un beau manchon.

LA MARQUISE.

Je ne l'aime pas trop; c'eſt ma fille qui me l'a
donné; on dit que c'eſt la mode.

LA VICOMTESSE.

Eh bien, Comte, où allez-vous donc? attendez un moment.

LE COMTE.

Non, il faut que j'aille voir le Maréchal; c'eſt
mon ancien ami, & depuis quarante-cinq ans,
nous nous voyons toujours le premier jour de
l'an, ſans y manquer, ou chez lui ou chez moi,
& je ſuis ſûr de le trouver; car je ſais qu'il a la
goutte.

LA VICOMTESSE.

Dites-lui bien, je vous prie, que j'irai le voir,

quand il ne fera plus ce tems-là, quand on
pourra fortir.

LE COMTE.

Oui, oui.

SCÈNE III.

LA MARQUISE, LA VICOMTESSE.

LA VICOMTESSE.

Savez-vous ce qu'il me difoit, le Comte,
quand vous êtes arrrivée?

LA MARQUISE.

Non; qu'eft-ce que c'eft?

LA VICOMTESSE.

Qu'il avoit renoncé au cordon bleu.

LA MARQUISE.

Celui-là eft excellent!

LA VICOMTESSE.

Et il la demandé quinze ans de fuite.

LA MARQUISE.

On n'a jamais voulu lui donner, n'eft-ce pas?

LA VICOMTESSE.

Non, vraiment; à-propos de quoi lui donne-roit-on?

LA MARQUISE.

Ah! voilà l'Évêque.

SCÈNE IV.

LA VICOMTESSE, LA MARQUISE, L'ÉVÊQUE.

LA VICOMTESSE.

Bon jour, Monseigneur.

L'ÉVÊQUE.

Mefdames, je vous falue.

LA MARQUISE.

Arrivez-vous de Verfailles?

L'ÉVÊQUE.

Oui, vraiment.

LA VICOMTESSE.

Approchez-vous donc du feu.

L'ÉVÊQUE.

Je n'ai pas trop froid; il est vrai que j'avois dans ma voiture, une boule d'étain, une peau d'ours, mon Neveu & deux Grands-Vicaires.

LA MARQUISE.

Eh bien, l'Abbaye?

L'ÉVÊQUE.

Je n'ai pas eu celle que je voulois.

LA VICOMTESSE.

Comment donc?

L'ÉVÊQUE.

Ils m'en ont donné une autre.

LA MARQUISE.

Et, est-elle bonne?

L'ÉVÊQUE.

Je ne sais pas trop, on m'a dit de vingt-cinq à trente.

LA VICOMTESSE.

C'est-à-dire quarante?

L'ÉVÊQUE.

Mais, à peu près.

LA MARQUISE.

Je ne conçois pas comment, vous qui paſſez votre vie à la Cour, ſans avoir de charge qui vous oblige d'y être, comment on ne vous traite pas mieux que cela.

L'ÉVÊQUE.

A dire vrai, cela a un peu étonné.

LA VICOMTESSE.

Mais, toutes les femmes devoient ſolliciter vivement pour vous.

L'ÉVÊQUE.

Elles me diſoient bien qu'elles avoient parole...

LA MARQUISE.

Oui, parole !

L'ÉVÊQUE.

Auſſi elles ont été furieuſes ; car je leur ai dit, eh bien ! Meſdames, vous étiez ſi certaines que j'aurois l'Abbaye de Saint-Etienne ; vous voyez ce qui m'arrive.

LA VICOMTESSE.

Elles n'ont ſçu que dire !

L'ÉVÊQUE.

Elles ne vouloient pas que je prisse celle qu'on m'a donnée.

LA MARQUISE.

Ah ! cependant.....

L'ÉVÊQUE.

Vous sentez bien que je n'ai pas voulu bouder ; je le pouvois pourtant, car mon Neveu n'a eu qu'un Prieuré de douze mille livres.

LA VICOMTESSE.

C'est-à-dire quinze ?

L'ÉVÊQUE.

Non, dix-huit.

LA MARQUISE.

Il faut commencer par quelque chose.

L'ÉVÊQUE.

Madame, un homme de qualité comme lui, devoit avoir mieux que cela.

LA VICOMTESSE.

Il n'est pas encore fort répandu.

L'ÉVÊQUE.

L'ÉVÊQUE.

Vraiment non, & il eſt timide encore : voilà ce que je lui reproche tous les jours. J'eſpère que ceci ſera une bonne leçon pour lui, & que cela lui fera faire quelques réflexions.

LA MARQUISE.

Et vous avez été obligé de remercier pour tout cela ?

L'ÉVÊQUE.

Il a bien fallu ; c'eſt l'uſage.

LA VICOMTESSE.

Et avez-vous été à la Chapelle ?

L'ÉVÊQUE.

Sûrement, & j'y ai eu bien froid.

LA VICOMTESSE.

Je le crois bien ; car le Doĉteur ne veut pas que j'aie des fleurs dans ma chambre à coucher la nuit, & mon lilas a gelé chez Henriette.

L'ÉVÊQUE.

C'eſt que vous verrez qu'elle l'aura craint autant que vous, & qu'elle l'aura mis ſur ſa fenêtre.

B

LA VICOMTESSE.

Ah! non; c'est une fille sûre, elle m'est trop atta-
chée pour faire une chose comme celle-là.

LA MARQUISE.

Ah çà, Madame, je m'enfuis.

LA VICOMTESSE.

Comment! pourquoi si-tôt?

LA MARQUISE.

C'est que; puisque j'ai tant fait que de sortir,
je veux aller chez Madame de Roümont.

LA VICOMTESSE.

Et pourquoi faire? vous vous ennuierez là.

LA MARQUISE.

Je le sais bien; mais c'est une bonne action, &
je n'y resterai qu'une minute.

LA VICOMTESSE.

Où souperez-vous?

LA MARQUISE.

Chez la Maréchale; venez-y, Monseigneur,
nous jouerons au loto.

L'ÉVÊQUE.

Oui, pour y perdre mon argent, j'y fuis ruiné depuis quelque tems.

LA MARQUISE.

Vous y gagnez toujours.

L'ÉVÊQUE.

Y viendrez-vous, Madame la Vicomteffe?

LA VICOMTESSE.

Mais, j'en ai affez d'envie.

L'ÉVÊQUE.

C'eft que vous me remèneriez.

LA VICOMTESSE.

Je vous remènerai.

L'ÉVÊQUE.

Allons, j'y fouperai.

LA VICOMTESSE.

Madame la Marquife, à tantôt.

LA MARQUISE.

Venez de bonne-heure.

B 2

LA VICOMTESSE.

Oui, oui. (*La Marquise fort.*) Monſeigneur, voulez-vous bien ſonner?

L'ÉVÊQUE.

Volontiers. (*il ſonne, & ſort.*)

SCÈNE V.

LA VICOMTESSE, DUBOIS.

LA VICOMTESSE.

Dubois, mes chevaux.

DUBOIS.

Ils ſont mis, Madame.

LA VICOMTESSE.

Comment, ils ſont mis! le Cocher m'avoit dit que le tems étoit trop mauvais pour les faire ſortir.

DUBOIS.

Je ne ſais pas ce qu'il a dit à Madame.

LA VICOMTESSE.

Ah! oui, oui, je me rappelle..... faites-moi venir Henriette.

DUBOIS.

La voilà, Madame.

LA VICOMTESSE.

Allons, c'eſt bon. Laiſſez-nous.

SCÈNE VI.

LA VICOMTESSE, HENRIETTE.

LA VICOMTESSE.

MADEMOISELLE, donnez-moi du rouge.

HENRIETTE.

De quel numéro?

LA VICOMTESSE.

De celui d'hier.

HENRIETTE.

Madame ne le trouvoit pas beau.

LA VICOMTESSE.

Il eſt vrai, mais tout le monde m'en a fait compliment.

B 3

HENRIETTE.

Madame, n'en aura plus de pareil.

LA VICOMTESSE, *mettant du rouge.*

Pourquoi cela?

HENRIETTE.

C'est que le Marchand est mort.

LA VICOMTESSE.

Comment donc?

HENRIETTE.

Il est tombé sur la glace, il y a quelques jours; il s'est cassé la cuisse; il a fallu la lui couper, & il est mort entre les mains du Chirurgien qui faisoit l'opération.

LA VICOMTESSE.

Je parie que c'est ce Chirurgien que vous aimez tant ici.

HENRIETTE.

Madame, c'est un très-habile homme!

LA VICOMTESSE.

Oui; parce qu'il a tué ce Marchand de rouge.

HENRIETTE.

Hélas ! le pauvre homme ! il a été enterré ce matin : il laisse quatre enfans, sa femme est grosse, & l'on a peur qu'elle ne meurre en couche.

LA VICOMTESSE.

Vous avez des histoires bien gaies. Avez-vous coupé ce roman ?

HENRIETTE.

Oui, Madame.

LA VICOMTESSE.

Et, en avez-vous lu quelque chose ?

HENRIETTE.

Non, Madame ; parce que comme j'allois commencer, Madame Gazin est venue.

LA VICOMTESSE.

Pour vous faire sa visite du jour de l'an, sans doute.

HENRIETTE.

Elle est venue pour Madame, & puis aussi pour moi : elle est là-dedans ; Madame veut-elle la voir ?

LA VICOMTESSE.

Oui ; faites-là entier.

B 4

HENRIETTE.

Entrez, entrez, Madame Gazin.

SCÈNE VII.

LA VICOMTESSE, Mᵐᵉ. GAZIN, HENRIETTE.

LA VICOMTESSE.

Bonjour, Madame Gazin.

Madame GAZIN.

Madame, veut-elle bien me permettre de lui souhaiter une bonne & heureuse année, & de lui demander sa protection?

LA VICOMTESSE.

Mais, vous savez bien que je n'achette qu'à vous, Madame Gazin.

Madame GAZIN.

Il est vrai que c'est un effet de la bonté de Madame; mais c'est pour ma Fille que je la demande aussi, parce que je vais la marier.

LA VICOMTESSE.

Ah ! vous allez la marier ?

Madame GAZIN.

Oui, Madame ; le lendemain des Rois.

LA VICOMTESSE.

Et, est-ce un honnête homme qu'elle épouse,
Madame Gazin ?

Madame GAZIN.

Oui, Madame, & qui a une maison bien acha-
landée.

LA VICOMTESSE.

Et, qu'est-ce qu'il est ?

Madame GAZIN.

Marchand de Soie, rue Saint Honoré, à l'ensei-
gne du Soleil d'or.

LA VICOMTESSE.

Vous le connoissiez donc, Madame Gazin ?

Madame GAZIN.

Non, Madame ; c'est ma Fille qui l'aimoit depuis un an, sans m'en rien dire ; ils avoient fait
connoissance à un bal le Mardi-gras. Depuis ce

tenis-là, il venoit tous les jours à la maison, je me doutois bien de quelque chose; comme le parti me convenoit, pour le faire parler, je lui dis un jour, Monsieur Dufour, vous irez bientôt à la nôce; moi, Madame, me dit-il! Oui, vraiment, je vais marier ma fille. Je n'eus pas plutôt lâchée la parole, que le voilà qui pâlit tout d'un coup, & qui me répond, je ne sais pas trop quoi; car il me fit tant de peine que je lui dis tout de suite, & celui qu'elle épousera est votre meilleur ami. Ma fille écoutoit, elle devint rouge comme du feu; ils se regardèrent, ils étoient tout près de pleurer; je ne pus pas y tenir, & je leur dis, allons, mes enfans, embrassez-vous & aimez-vous toujours bien. Voilà comme cela s'est fait, Madame la Vicomtesse.

LA VICOMTESSE.

Mais, vraiment, cela est très-bien à vous. Ah! çà, Madame Gazin, je voudrois bien avoir une pelisse.

Madame GAZIN.

Il est fort aisé de vous en faire une.

LA VICOMTESSE.

A propos, est-ce vous qui avez vendu le manchon de la Marquise?

Madame GAZIN.

Oui, Madame.

LA VICOMTESSE.

Il est bien vilain !

Madame GAZIN.

Dame, écoutez-donc ; j'étois bien embarrassée : Madame sa Fille m'a dit qu'elle n'y vouloit pas mettre beaucoup d'argent.

LA VICOMTESSE.

Ah ! j'entends.

Madame GAZIN.

Oui, Madame ; voilà ce que c'est.

LA VICOMTESSE.

Elle croit qu'il est à la mode.

Madame GAZIN.

Mais, vraiment, il y étoit l'année passée. Si Madame la Vicomtesse vouloit donner des chapeaux à Madame sa fille, j'en ai de nouveaux, qui sont charmans ; ce sont des chapeaux aux étrennes ; je suis sûre qu'elle en seroit enchantée.

LA VICOMTESSE.

Il faut que les jeunes personnes faffent ces achats-là elles-mêmes.

Madame GAZIN.

Elles n'en trouveront pas ailleurs de fi jolis.

LA VICOMTESSE.

Adieu, Madame Gazin; je fuis bien aife de vous avoir vue.

Madame GAZIN.

Madame la Vicomteffe a bien de la bonté, & puis je n'avois garde de manquer à mon devoir, fur-tout un jour comme aujourd'hui, & allant marier ma fille, encore!

LA VICOMTESSE.

Henriette, vous allez voir avec Madame Gazin, pour ma peliffe.

Madame GAZIN.

Oh! Madame la Vicomteffe n'a que faire de s'embarraffer; je fais ce qu'il lui faut, elle fera contente.

SCÈNE VIII.

LA VICOMTESSE, LE CHEVALIER, UN LAQUAIS.

LA VICOMTESSE.

Ah ! Chevalier, vous voilà ; vous allez venir avec moi.

LE CHEVALIER, *lui donnant la main.*

Mais en vérité, ma tante, je ne puis pas, en honneur.

LA VICOMTESSE.

Vous veniez me faire une visite ; eh bien ! vous me la ferez en chemin. Montez donc ! (*Elle monte en carrosse.*)

UN LAQUAIS.

Où va Madame ?

LA VICOMTESSE.

Chez la Duchesse d'Aunis.

LE CHEVALIER.

Je n'entrerai donc pas avec vous.

LA VICOMTESSE.

Pourquoi cela ? est-ce que vous êtes brouillé avec elle ?

LE CHEVALIER.

Ce n'est pas cela ; mais c'est qu'elle a dit à quelqu'un qu'elle me trouvoit l'air gauche.

LA VICOMTESSE.

Qu'est-ce que cela vous fait ?

LE CHEVALIER.

Cela fait qu'on n'ose pas dire un mot, devant quelqu'un que l'on sait qui pense comme cela de vous.

LA VICOMTESSE.

Et, que vouliez-vous donc qu'elle en dit, puisqu'elle ne vous connoît pas ? C'est son jugement du premier instant, cela ne tire à aucune conséquence ; la nécessité de décider fait qu'on dit un mot pour un autre, il n'y a rien là d'effrayant.

LE CHEVALIER.

Il me semble qu'elle auroit pu mieux dire.

LA VICOMTESSE.

Il ne tiendra qu'à vous qu'elle change d'opinion ; ou plutôt laissez-moi faire.

LE CHEVALIER.

Comment?

LA VICOMTESSE.

Je connois toutes ſes prétentions. Ah! elle y eſt, tant-mieux! Vous allez voir. (*Ils deſcendent & ils entrent.*)

SCÈNE IX.

LA VICOMTESSE, LA DUCHESSE, LE CHEVALIER, DUVAL.

DUVAL.

Madame la Vicomteſſe de Vercourt, Mon-ſieur le Chevalier de Saint-Avrel.

LA DUCHESSE.

Quoi! Madame la Vicomteſſe, par ce tems-là!

LA VICOMTESSE.

Le tems n'y fait rien, Madame; j'étois inquiète de vous.

LA DUCHESSE.

Pourquoi donc?

LA VICOMTESSE.

C'eſt que le Chevalier, que voilà, eſt arrivé hier au ſoir chez moi, en me diſant; en vérité, je ſuis allarmé ſur la ſanté de Madame la Ducheſſe d'Aunis; elle étoit hier de la partie de traîneaux de la Reine, & elle touſſoit beaucoup.

LA DUCHESSE.

Cela eſt vrai. Comment, Monſieur le Chevalier, vous vous en êtes apperçu?

LA VICOMTESSE.

Cela ne l'a pas empêché de remarquer la grace avec laquelle vous meniez votre traîneau.

LA DUCHESSE.

Mon cheval n'étoit pourtant pas des meilleurs.

LA VICOMTESSE.

Chevalier, vous avez raiſon, il n'y a pas de plus jolie taille que celle de la Ducheſſe.

LA DUCHESSE.

Quoi! il trouve........

LA VICOMTESSE.

Que vous vous mettez avec une grace, un goût, un charme.....

LA

LA DUCHESSE.

Écoutez donc, j'en fuis fort aife; car j'ai penfé, dès la première fois que je l'ai vû, qu'il avoit un tact très-fin, & qu'il réuffiroit par la tournure aifée & le ton avec lequel il eft entré dans le monde; cela n'eft point du tout commun.

LE CHEVALIER.

Je fuis très-flatté, Madame, que vous ayez eu une opinion fi avantageufe de moi.

LA DUCHESSE.

Je le difois encore tout-à-l'heure à quelqu'un de notre connoiffance, & j'ajoutois, il mérite qu'on s'intéreffe réellement à lui, & je ne conçois pas comment il n'a pas encore un Régiment.

LE CHEVALIER.

Je n'ai pas encore trop acquis le droit de m'en plaindre.

LA DUCHESSE.

Mais, c'eft qu'il faut vous montrer, faire votre cour. À propos, avez-vous danfé au dernier bal de la Reine?

LE CHEVALIER.

Non, Madame, je n'y ai pas encore été.

C

LA DUCHÉSSE

Mais, si vous êtes farouche comme cela, vous ne serez point connu.

LA VICOMTESSE.

Il est timide, il se défie de lui, il craint de faire des gaucheries.

LA DUCHESSE.

Cela est incroyable!

LA VICOMTESSE.

Il dit que le ton le meilleur est celui que vous avez, par excellence, & qu'il sent qu'il en sera toujours à mille lieues.

LA DUCHESSE.

Madame, un homme de son âge, qui distingue le ton & qui s'en occupe, n'a point à craindre de ne pas réussir.

LA VICOMTESSE

Cela est vrai, Chevalier. Madame, j'espère que vous l'en corrigerez.

LA DUCHESSE.

Oui; mais il ne faut pas qu'il me fuie.

LE CHEVALIER.

Si vous me permettez, Madame, de vous faire ma cour.........

LA DUCHESSE.

C'est une chofe dite ; de la confiance, & vous réuffirez. Eh bien ! Madame ; quoi, déjà ?

LA VICOMTESSE.

Oui, vraiment ; j'ai mille chofes à faire.

LA DUCHESSE.

Vous ne fongez donc pas au tems qu'il fait ?

LA VICOMTESSE.

Je vous répond que j'en fuis efftayée. Ah ! çà, nous vous verrons Samedi ?

LA DUCHESSE.

Sûrement. Monfieur le Chevalier y fera-t'il ?

LA VICOMTESSE.

Oui, oui ; je le mènerai.

LA DUCHESSE.

Ah ! j'en ferai fort aife.

LA VICOMTESSE.

Eh bien ! vous me conduisez ?

LA DUCHESSE.

Allons, puisque vous le voulez, je vous laisse ;
je n'ai pas encore écris à des grands-parens, de
province, il faut que je m'en occupe.

SCÈNE X.

LA VICOMTESSE, LE CHEVALIER,
UN LAQUAIS. (Ils montent en carrosse.)

LE LAQUAIS.

Ou va Madame ?

LA VICOMTESSE.

Chez la Marquise de Clercy.

LE CHEVALIER.

Je ferai encore cette visite ?

LA VICOMTESSE.

Sûrement. Eh bien ! croyez-vous encore que Madame d'Aunis vous trouve l'air gauche, à présent ?

LE CHEVALIER.

Je vous avoüe que j'ai été confondu, de tout ce que vous lui avez fait croire que j'avois dit d'elle, & de mes allarmes sur ce qu'elle toussoit beaucoup dans le traîneau.

LA VICOMTESSE.

Vous serez bien plus surpris quand vous saurez que j'ignorois qu'elle eût été en traîneau.

LE CHEVALIER.

Réellement, vous l'ignoriez ?

LA VICOMTESSE.

Sans doute ; mais je ne risquois rien, supposé que vous vous fussiez trompé en croyant la voir, vos allarmes n'en subsistoient pas moins.

LE CHEVALIER.

Et, si elle va découvrir que je n'étois pas à Versailles ? si quelqu'un.....?

LA VICOMTESSE.

Elle soutiendra que vous y étiez, & elle ira même jusqu'à assurer qu'elle vous y a vu.

LE CHEVALIER.

Mais, fon goût, fa grace, ce charme......Je n'ai jamais rien vu de tout cela.

LA VICOMTESSE.

Qu'importe? Elle ne le croira pas moins, elle dira mille biens de vous, & il n'en faut pas davan-tage pour vous établir la meilleure réputation.

LE CHEVALIER.

Eſt-ce qu'elle n'a pas d'eſprit?

LA VICOMTESSE.

Elle en a; mais elle a encore plus d'amour-propre. Votre ami le Vicomte s'étoit brouillé il y a quelque tems avec elle, il en étoit extrèmement inquiet & fâché; il vint me conter cela. Je lui dis: prenez un couplet, bien fade, dans l'Almanach des Muſes, & chantez-le lui, comme ſi vous l'aviez fait pour elle.

LE CHEVALIER.

Eh bien!

LA VICOMTESSE.

Cela lui réuſſi très-parfaitement.

LE CHEVALIER.

Et, fi elle l'avoit trouvé, dans l'Almanach des Mufes ?

LA VICOMTESSE.

Bon! elle ne lit rien avec attention. Son feul livre eft fon miroir.

LE CHEVALIER.

Savez-vous, ma très-chère tante, que fi vous vouliez, il ne tiendroit qu'à vous d'être méchante.

LA VICOMTESSE.

Voilà bien, mon neveu, ce qu'on appelle une petite idée de province.

LE CHEVALIER.

Vous avez raifon, & j'ai tort, fur-tout après ce que vous venez de faire pour moi.

LA VICOMTESSE.

Ah! la Marquife eft chez elle.

LE CHEVALIER.

Vous voulez que je la voie ?

LA VICOMTESSE.

Sans doute.

LE CHEVALIER.

Je n'y souperai pas, toujours.

LA VICOMTESSE.

Pourquoi donc ne l'aimez-vous pas?

LE CHEVALIER.

C'est qu'elle est vieille, aigre & contrariante.

LA VICOMTESSE.

Elle n'a pas quarante ans, & vous la trouvez vieille !

LE CHEVALIER.

Mais.....

LA VICOMTESSE.

Songez donc qu'elle fait faire à votre Ministre tout ce qu'elle veut, & qu'il faut cette année que vous ayez un Régiment ; mais rassurez-vous, je vous mènerai souper chez la Maréchale. (*Ils entrent chez la Marquise.*)

SCÈNE XI.

LA MARQUISE, LA VICOMTESSE,
LE COMMANDEUR, LE CHEVALIER.

LA VICOMTESSE.

Est-ce que vous sortez, Madame la Marquise ?

LA MARQUISE.

Non, vraiment ; mais le Commandeur se plaignoit de ce que je ne reconduisoit jamais personne, & je l'accompagnois jusqu'à l'escalier.

LE COMMANDEUR.

Madame la Vicomtesse, voilà une plaisanterie de la Marquise ; vous la reconnoissez.

LA VICOMTESSE.

Oui, & elle va s'enrhumer avec cette plaisanterie.

LA MARQUISE.

Je veux me corriger pour lui plaire, & je commence l'année comme je le lui avois promis.

LA VICOMTESSE.

Vous ne venez plus me voir, Monsieur le Commandeur.

LE COMMANDEUR.

Madame. La Marquife, vous favez bien que je n'ai fini mon quartier à Verfailles que d'hier.

SCÈNE XII.

LA MARQUISE, LA VICOMTESSE, LE CHEVALIER.

LA VICOMTESSE.

Savez-vous, Madame, qu'on n'a jamais vu un froid comme celui d'aujourd'hui.

LA MARQUISE.

Je n'aime pas qu'on dife cela; parce que j'en ai vu de plus grand; mais auffi pourquoi fortez-vous?

LA VICOMTESSE.

Parce qu'il y a mille ans que je ne vous ai vu.

LA MARQUISE.

Et, nous avons foupés hier enfemble.

LA VICOMTESSE.

Oui; mais je difois chez vous.

LA MARQUISE.

Et, vous m'amenez-là un jeune homme, qui aimeroit bien mieux être à l'Opéra, avec toutes ces Demoiselles.

LA VICOMTESSE.

Vous ne le connoiffez pas ; il n'est occupé que de fon métier, & il préférera toujours à toutes chofes, l'honneur de vous rendre fes devoirs & celui de vous faire fa cour.

LA MARQUISE.

Il ne reffemble donc pas aux jeunes gens de ce tems-ci. Quel âge avez-vous, Monfieur le Chevalier ?

LE CHEVALIER.

Vingt-trois ans, Madame la Marquife.

LA MARQUISE.

Voilà comme font tous les jeunes gens d'à-préfent, ils ont tous vingt-trois ans ; nous favons bien pourquoi ; mais cela n'y fera rien, le Roi ne veut pas faire de promotion de long-tems.

LA VICOMTESSE.

Mais, s'il en faifoit une, Madame la Marquife ;

j'espère pourtant que vous voudriez bien vous in-
téresser en notre faveur.

LA MARQUISE.

Vous croyez, peut-être, que j'ai du crédit ?
mais par-où mériterai-je d'en avoir ? Est-ce que
je suis coëffée à la mode ? est-ce que Mademoiselle Bertin me fournit des chapeaux ? est-ce que
je suis habillée à l'angloise ? fais-je des cours de
physique, de chimie, d'histoire naturelle ? Quel
cas peut-on faire d'une femme qui n'est pas du
beau monde d'aujourd'hui ?

LA VICOMTESSE.

On en fait le cas qu'inspire toujours le vrai mérite.

LA MARQUISE.

Oui, c'est bien là après quoi l'on court ; la
vertu, la raison, le mérite, tout cela ne vaut pas
les graces. Cependant, moi, je n'en vois point
dans ces buissons de fleurs, dans ces chevelures
énormes, & dans tout ce linge dont on s'entortille.

LA VICOMTESSE.

Ah ! vous êtes charmante, Madame la Marquise ! & toujours bonne à voir & à entendre :
tout ce qu'il y a de fâcheux, c'est d'être obligé de
vous quitter.

LA MARQUISE.

Où soupez-vous donc ce soir?

LA VICOMTESSE.

Chez la Maréchale.

LA MARQUISE.

Eh bien! vous aurez de tout cela chez elle, en abondance; la Maréchale aime les modes comme toutes nos jeunes Dames. Savez-vous qu'elle avoit un chapeau cet été, oh! un chapeau!.... Mais, elle est votre amie, à propos, je n'en dis plus rien.

LA VICOMTESSE.

Eh bien! allez-vous me reconduire, comme le Commandeur?

LA MARQUISE.

Non, non. Je crois que Monsieur le Chevalier m'a assez vu.

LA VICOMTESSE.

Pourquoi donc le traitez-vous comme cela? J'ai envie de prendre cette mauvaise plaisanterie pour un engagement de tout ce que vous voudrez bien faire pour lui.

LA MARQUISE

Vous favez, au moins, combien je ferois comblée de pouvoir faire tout ce que vous defirez pour vous & les vôtres.

LA VICOMTESSE.

Ce qu'il y a de fûr, c'eft que j'aime fort à le croire. Eh bien! où voulez-vous donc aller? Je vous réponds que je ne fors pas que vous ne foyez affife.

SCÈNE XIII.

LA MARQUISE, LA VICOMTESSE, LE CHEVALIER, L'ABBÉ.

LA VICOMTESSE.

TENEZ, voilà l'Abbé, avec qui je vous laiffe. Je ne vous vois plus, l'Abbé.

L'ABBÉ.

Madame, je fors de chez vous.

LA VICOMTESSE.

Vous favez bien ce que vous m'avez promis; nous parlerons de cela une autre fois.

SCENE XIV.

LA MARQUISE, L'ABBÉ.

LA MARQUISE.

Qu'EST-CE que vous lui avez donc promis, l'Abbé ?

L'ABBÉ.

Ma foi, Madame, je ne me le rappelle pas trop ; vous voyez que ce n'eſt pas un engagement bien ſérieux.

LA MARQUISE.

Elle prétend qu'il faut que ſon Neveu ait un Régiment, & elle croit que je dois me mêler de cela, moi.

L'ABBÉ.

Elle ſait combien vous aimez à obliger.

LA MARQUISE.

Ce ne ſera pas elle, toujours.

L'ABBÉ.

Il est vrai que je ne lui crois pas beaucoup de goût.

LA MARQUISE.

Du goût ! elle n'en a pas l'ombre.

L'ABBÉ.

N'est-ce pas elle qui passa une fois tout le tems du dernier Opéra dans votre loge à causer, sans en écouter un seul mot ?

LA MARQUISE.

Elle-même ; & qui, lorsque je le lui reprochai, me dit qu'elle n'aimoit pas la musique des Opéras boufons ; & c'étoit une Tragédie.

L'ABBÉ.

Et mise en musique, comme il n'y en a jamais eu !

LA MARQUISE.

Et jouée !

L'ABBÉ.

Ah ! ne parlons pas du jeu.

LA MARQUISE.

Comment ! Monsieur, vous n'avez pa trouvé...

L'ABBÉ.

L'ABBÉ.

Pardonnez-moi, Madame; mais si vous aviez été en Italie, vous conviendriez que c'est trop joué.

LA MARQUISE.

Trop joué!

L'ABBÉ.

Oui, Madame.

LA MARQUISE.

Et trop bien exprimé peut-être?

L'ABBÉ.

Sans doute.

LA MARQUISE.

Je ne vous comprend pas!

L'ABBÉ.

Je n'en suis pas surpris. On n'aime pas assez la musique ici pour comprendre ce que je veux dire.

LA MARQUISE.

Vous verrez que je n'aime pas la musique italienne, moi!

D

L'ABBÉ.

Non, Madame. Ceux qui aiment réellement la musique, n'ont pas besoin que l'on joue, ni que l'on exprime en chantant.

LA MARQUISE.

Vous verrez que par là, on n'en fait pas mieux sentir les beautés.

L'ABBÉ.

Au contraire, cette manière de chanter y nuit beaucoup.

LA MARQUISE.

Quoi! le jeu de l'Actrice nuit à la musique?

L'ABBÉ.

Oui, Madame.

LA MARQUISE.

Quoi! cette expression qui passe dans votre ame & qui la pénètre.....

L'ABBÉ.

Vous empêche de sentir toute la perfection de la musique.

LA MARQUISE.

Vous croyez que le sentiment de l'actrice peut lui être contraire?

L'ABBÉ.

Oui, vraiment. Les efforts qu'elle fait pour rendre le fentiment, nuifent à la beauté de fa voix, l'empêchent de fortir dans toute fa pureté , & font facrifier la mufique à l'expreffion.

LA MARQUISE.

Vous le croyez ?

L'ABBÉ.

J'en fuis certain ; & quand j'entends des gens fe plaindre de ce qu'ils n'entendent pas les paroles, j'ai toujours envie de leur dire : Si vous voulez des paroles, allez à la Comédie Françoife, & ne venez point à l'Opéra.

LA MARQUISE.

Vous penfez qu'il ne faut pas entendre les paroles ?

L'ABBÉ.

Rien ne nuit plus à la mufique.

LA MARQUISE.

Mais comment faurai-je tout ce que la mufique peint, exprimé ?

L'ABBÉ.

Ecoutez l'orcheftre ; c'eft là où vous le trouverez.

LA MARQUISE.

Quoi! la chanteufe.....

L'ABBÉ.

Doit être immuable.

LA MARQUISE.

Quand elle chante?

L'ABBÉ.

Oui, Madame; voilà comme on la veut en Italie, & l'on y fait comme il faut aimer véritablement la mufique.

LA MARQUISE.

Comment, cette Didona abbandonnata, de Metaftafe....

L'ABBÉ.

Arrive, Madame, pendant la ritournelle, avec un Abbé qui lui donne la main; quand elle eft au bord du théâtre, elle lui fait la réverence; en fuite elle falue les différens fpectateurs de fa connoiffance, qui font dans les loges & qui ont quitté leur jeu & leur converfation pour l'entendre chanter.

LA MARQUISE.

Et comment fait-on dans quelle fituation elle doit fe trouver?

L'ABBÉ.

Tout cela est dans la ritournelle exécutée par l'orchestre. Lorsque cette ritournelle est finie, alors la chanteuse déploie sa voix, sans faire le moindre geste ; vous comprenez la facilité avec laquelle elle peut lui faire parcourir tous les tons qu'elle doit rendre, puisque rien ne la gêne. Voilà donc comme on peut chanter admirablement la musique la plus parfaite ; mais il faut des oreilles pour l'entendre & non pas des yeux. Plus un sens est exquis, & moins il lui faut de distraction ; aussi je soutiens que tous ceux qui ne se sont pas formé le goût en Italie, ne comprendront rien à l'exécution de la bonne musique. Jugez, d'après cela, comment à Paris on saura jamais l'entendre & la juger.

LA MARQUISE.

Je commence à comprendre cela.

L'ABBÉ.

Tous ces prétendus amateurs, qui forment deux partis dont les uns admirent un Musicien & les autres le blâment, qui se querellent sans cesse, ne savent seulement pas de quoi ils parlent.

LA MARQUISE.

Comment, lorsqu'ils sont en guerre ?...

D 3

L'ABBÉ.

Ils ne se doutent pas de ce qui les divisent.

LA MARQUISE.

Vous le croyez?

L'ABBÉ.

Demandez-le aux compositeurs qu'ils fêtent & qu'ils préfèrent, s'ils sont de bonne foi, il vous le diront, & ils vous prouveront que notre nation n'aura jamais l'oreille musicale.

LA MARQUISE.

Mais, pourquoi cela?

L'ABBÉ.

C'est que notre éducation s'y oppose.

LA MARQUISE.

Il faudroit donc que tous les François fussent élevés en Italie.

L'ABBÉ.

Eh! oui, Madame; voilà le nœud, vous l'avez trouvé. Voyez combien nous serons toujours éloignés du vrai but!

LA MARQUISE.

Savez-vous, l'Abbé, que cela eſt effrayant !

L'ABBÉ.

Effrayant ? ah dites déſeſpérant ! Je n'oſe jamais y penſer un ſeul inſtant.

LA MARQUISE.

Vous avez bien raiſon. Je vous réponds que je ne pourrai plus entendre de muſique, & que je trouve les connoiſſances que je croyois avoir furieuſe- ment rapetiſſées.

L'ABBÉ.

Il ne dépendra que de vous d'avoir le vrai goût.

LA MARQUISE.

En faiſant un voyage en Italie ?

L'ABBÉ.

Je ne vous le cacherai pas.

LA MARQUISE.

Oh ! je le ſens ; il n'y a que cela. Mais dites- moi, quand je reviendrai en France ?

L'ABBÉ.

Vous ne pourrez pas ſouffrir la manière dont on y exécute la muſique.

D 4

LA MARQUISE.

J'en serai donc encore plus malheureuse?

L'ABBÉ.

N'en doutez pas.

LA MARQUISE.

Je pourrai mépriser au moins tous ceux qui n'auront pas été en Italie.

L'ABBÉ.

Vous en aurez acquis le droit.

LA MARQUISE.

C'est toujours une consolation ; mais quand pourrai-je en jouir ? Je crains que ce ne soit un ridicule pour une Françoise de voyager.

L'ABBÉ.

Pourquoi donc ? Au contraire ; la mode pourroit en venir.

LA MARQUISE.

Ce seroit alors une mode très-sensée.

L'ABBÉ.

J'entends, je crois, du monde.

LA MARQUISE.

Nous parlerons de tout cela une autrefois. Ah ! c'eſt ma nièce ; ne vous en allez pas.

SCÈNE XV.

LA MARQUISE, LA BARONNE, L'ABBÉ, DUBOIS.

DUBOIS.

Madame la Baronne de Blézières.

LA BARONNE.

Bon ſoir, ma tante. Ah ! voilà l'Abbé. Eh ! bien, ma tante, vous ne voulez pas m'embraſſer ?

LA MARQUISE.

Pardonnez-moi, mon enfant ; mais c'eſt que je m'arrange pour que vous ne me creviez pas les yeux avec votre chapeau.

LA BARONNE.

Il n'eſt pourtant pas bien grand. Savez-vous qu'il fait bien froid ce ſoir. Monſieur l'Abbé, il ne fait pas ce froid-là à Rome, j'eſpère.

L'ABBÉ.

Non, Madame.

LA BARONNE.

C'eſt que je lis l'Hiſtoire Romaine, à préſent, & je ſerois très-fâchée de penſer que ces anciens Romains auroient eu auſſi froid que nous l'avons dans ce moment-ci ; parce que, ma tante ne le croira pas, j'aime paſſionnément les grands-hommes de ce tems-là. Et les Grecs donc ! mais c'eſt que je ne ſaurai jamais leur langue.

LA VICOMTESSE.

Ne croyez-vous pas ſavoir celle des Romains ?

LA BARONNE.

Pas tout-à-fait ; mais ſavez-vous que je commence à expliquer un peu l'Arioſte ?

L'ABBÉ.

L'Arioſte, Madame ?

LA BARONNE.

Oui ; venez me voir, & vous en jugerez. Ce qui aide à me le perſuader, c'eſt que j'entends à merveille toutes les paroles des opéras bouffons.

LA MARQUISE.

Vous voilà bien favante, ma nièce!

LA BARONNE.

Vous vous mocquez de moi, ma tante; mais je vous réponds que cela a perfectionné mon goût pour la mufiqne italienne, & que je n'en veux plus chanter d'autre.

L'ABBÉ.

Plus vous chanterez de celle-ci, & plus vous préférerez cette mufique, & plus vous fentirez qu'il n'y a qu'elle.

LA BARONNE.

Imaginez-vous que je fuis déjà fi avancée pour la manière de prononcer, qu'hier j'ai chanté trois airs de l'opéra nouveau, devant plus de douze perfonnes, & pas une n'a compris un mot des paroles, toutes ont cru que c'étoit des paroles italiennes.

LA MARQUISE.

Mais, l'Abbé, pourquoi fait-on des opéras nouveaux fur des paroles françoifes?

L'ABBÉ.

Il en faut bien pour le peuple.

LA BARONNE.

Comment le peuple, l'Abbé ?

L'ABBÉ.

Quand je dis le peuple, Madame la Baronne, c'est-à-dire, les habitués de l'Opéra, qui regrettent encore la musique françoise.

LA BARONNE.

Il est donc vrai qu'il y a toujours de ces gens-là ?

LA MARQUISE.

J'espère que cette génération barbare tire à sa fin.

LA BARONNE.

Ma tante, je meure de froid.

LA MARQUISE.

Eh bien ! chauffez-vous.

LA BARONNE.

Non ; il faut que je m'en aille : j'ai voulu vous voir un moment, sans cela je ne serois pas venue ; car il est tard.

DUBOIS.

Madame la Comtesse de Sourville.

L'ABBÉ.

Je m'enfuis.

LA MARQUISE.

L'Abbé, je vous reverrai?

L'ABBÉ.

Oui, Madame.

SCÈNE XVI.

LA MARQUISE, LA BARONNE; LA COMTESSE.

LA COMTESSE.

MADAME la Marquise, il faut avoir tout le désir que j'avois de venir vous chercher, pour sortir de ce tems-là; car on ne va pas du tout.

LA MARQUISE.

C'est bien honnête à vous.

LA COMTESSE.

Bon jour, mon cœur.

LA BARONNE.

Je m'en allois; embrassez-moi donc.

LA COMTESSE.

Oui, depuis trois jours vous me délaiſſez; que c'eſt affreux!

LA BARONNE.

Ne dites donc pas de ces choſes-là. Si vous ſaviez tout ce que j'ai fait depuis que je ne vous ai vu! eſt-ce que je n'ai pas été obligé de courir tous les Marchands, avec ma belle-ſœur.

LA COMTESSE.

Savez-vous que je n'ai rien trouvé de joli, cette année.

LA BARONNE.

Où avez-vous donc été?

LA COMTESSE.

Mais, par-tout.

LA BARONNE.

Vous n'avez pas vu ce petit Secrétaire de porcelaine, qui a un orgue, & qui à la fin de chaque air allume une bougie?

LA COMTESSE.

Ah! oui, cela eſt aſſez joli.

LA BARONNE.

Et les tablettes angloifes, qui font un néceffaire dont tous les inftrumens font ornés des portraits des Membres du Parlement d'Angleterre, avec leurs noms en anglois.

LA COMTESSE.

Oui ; cela eft inftructif, par exemple. J'aime affez que le Roi d'Angleterre foit repréfenté fur les cifeaux.

LA BARONNE.

Cela vous apprend qu'il peut diffoudre le Parlement.

LA COMTESSE.

Et le fouvenir, pour marquer les numéros du loto les plus heureux, afin d'y placer fes dauphins ?

LA BARONNE.

Et les bombonnières d'acier, à jour ?

LA COMTESSE.

J'en ai laiffé tomber deux ; cela fe caffe comme du verre.

LA BARONNE.

C'eft la pendulle qu'il faut voir !

LA COMTESSE.

Comment est-elle donc ?

LA BARONNE.

D'abord, il n'y a point de chiffres pour marquer les heures.

LA MARQUISE.

Et, comment sont-elles indiquées ?

LA BARONNE.

Par une petite Bergère assise auprès d'un rocher, d'où il sort un mouton à chaque heure ; en les comptant, on sait l'heure qu'il est. Un chien noir marque les demi-heures, un coq les quarts, & des colombes marquent les minutes en s'envolant d'un colombier. Il y a un petit Berger qui sort de derrière un buisson à toutes les heures & qui s'en retourne toujours, & il ne reste que lorsqu'il est minuit.

LA COMTESSE.

Qui est apparemment l'heure du berger ?

LA BARONNE.

Oui, je vous dis, c'est la plus jolie chose du monde !

LA

LA MARQUISE.

Moi, je trouve tout cela d'une bêtise affreuse!

LA BARONNE.

Ah! ma tante; c'est que vous ne l'avez pas vu; je suis sûre que vous en seriez enchantée!

LA MARQUISE.

Voilà ce que je ne crois pas. Vous êtes comme des pensionnaires qui ne connoissent rien que leur couvent.

LA COMTESSE.

En vérité, Madame, je vous assure que la Baronne a beaucoup de goût.

LA MARQUISE.

Oui, voyez sa coëffure!

LA COMTESSE.

Elle est des plus à la mode.

LA MARQUISE.

Je n'ai encore vu personne coëffé comme cela.

LA COMTESSE.

Je le crois bien; c'est une coëffure nouvelle d'aujourd'hui.

E

LA MARQUISE.

On n'y comprend plus rien.

LA COMTESSE.

Ah! mon cœur, il faut que nous allions, tout-à-l'heure, voir ensemble des chapeaux nouveaux, qu'on vient de m'indiquer.

LA BARONNE.

Je ne demande pas mieux.

LA MARQUISE.

Vous arriverez bien tard, où vous irez souper.

LA BARONNE.

Oh! que non.

LA COMTESSE.

Madame la Marquise, je suis bien aise de vous avoir trouvée.

LA MARQUISE.

Voulez-vous souper ici, Mercredi?

LA COMTESSE.

Mais.......

LA MARQUISE.

Vous regardez ma nièce pour accepter : elle y sera ; je ne vous prierois pas sans elle.

LA COMTESSE.

Quoi ! Madame, vous croyez.....

LA MARQUISE.

Allons, à Mercredi.

LA BARONNE.

Adieu, ma tante.

LA MARQUISE.

Adieu, adieu ; quand vous verrai-je ?

LA BARONNE.

Mais, sûrement demain.

LA MARQUISE.

Pour votre mari.......

LA BARONNE.

Oh ! je ne me mêle pas de ses affaires.

LA MARQUISE.

Madame la Comtesse, je vous laisse aller.

LA COMTESSE.

Ah! Madame, rentrez donc.

LA MARQUISE.

Puifque vous le voulez, ma nièce vous fera mes excufes.

SCÈNE XVII.

LA COMTESSE, LA BARONNE, UN LAQUAIS.

LA COMTESSE.

J'ai imaginé les chapeaux pour vous tirer de chez la Marquife.

LA BARONNE.

Quoi! réellement, il n'y en a pas de nouveaux?

LA COMTESSE.

Non ; mais j'étois impatientée de fon humeur.

LA BARONNE.

Oh! moi, j'y fuis accoutumée. (*Elles montent en carroffe.*)

LE LAQUAIS.

Où Madame la Comtesse va-t'elle?

LA COMTESSE.

Chez la Maréchale. N'est-ce pas, mon cœur?

LA BARONNE.

Sûrement. Si vous me ramenez, je vais renvoyer ma voiture.

LA COMTESSE.

Sans doute. La France, dites-le au Cocher de la Baronne.

LE LAQUAIS.

Oui, Madame.

LA BARONNE.

Le Chevalier sera-t'il chez la Maréchale?

LA COMTESSE.

Non ; il est à Versailles.

LA BARONNE.

Nous nous ennuyerons.

LA COMTESSE.

Oh! que non ; & puis si nous nous ennuyons, nous nous retirerons de bonne heure.

E 3

LA BARONNE.

Et, j'en ferai bien aife ; parce que j'ai envie
de monter demain à cheval.

LA COMTESSE.

Eh bien ! mon cœur, j'y monterai avec vous.

LA BARONNE.

Ah ! cela fera charmant !

LA COMTESSE.

Je manquerai mon cours de phyfique.

LA BARONNE.

Et moi le mien d'hiftoire naturelle ; mais il y
a quinze jours que je n'y ai été.

LA COMTESSE.

Je n'ai affifté encore qu'à trois leçons ; il faut
pourtant que j'y aille un de ces jours.

LA BARONNE.

C'eft la dernière réception de l'Académie qui
m'a interrompue ; il faut aller de fi bonne-heûre
à cette Académie !

LA COMTESSE.

Sans doute ; & puis les déjeûners à l'angloife.

LA BARONNE.

Oh ! je les aime à la folie.

LA COMTESSE.

A propos, favez-vous le raccommodement du Vicomte & de la Vicomteffe ?

LA BARONNE.

Comment ! que dites-vous donc ?

LA COMTESSE.

Quoi ! votre frere ne vous l'a pas dit ?

LA BARONNE.

Il y a huit jours que je ne l'ai vu.

LA COMTESSE.

Il eft à la Campagne, avec la Vicomteffe, à jouer la Comédie.

LA BARONNE.

Je craignois que ce raccommodement ne fe fût fait à fes dépens.

LA COMTESSE.

Vous pouvez être tranquille ; ils fe font brouil- lés, le même jour, à ne fe jamais raccommoder.

LA BARONNE.

Ce que vous me dites là eft incompréhenfible ! & je vous réponds qu'en mille ans.....

LA COMTESSE.

Je vais vous l'expliquer, & vous verrez que vous l'entendrez. Vous favez la paffion du Vicomte pour

E 4

les chevaux, elle égale celle qu'il a eu pour sa femme pendant six mois.

LA BARONNE.

On a cru quelque tems qu'elle aimoit le Vicomte.

LA COMTESSE.

Comme il vouloit mener de front ces deux paffions, être avec fa femme & avec fes chevaux, il lui propofa de lui montrer à monter à cheval. Elle n'étoit pas éloignée d'y confentir ; mais elle venoit de faire connoiffance avec le Marquis, il commençoit à lui plaire, & fon mari ne gagnoit pas à la comparaifon.

LA BARONNE.

Cela eft facile à penfer.

LA COMTESSE.

Elle refufa donc tout net la propofition du Vicomte, & il en prit tant d'humeur que les affaires du Marquis n'en allèrent que mieux vis-à-vis de la Vicomteffe, fon mari l'ayant abandonnée pour fes chevaux.

LA BARONNE.

Je croyois que c'étoit pour la petite Fulvie.

LA COMTESSE.

Elle y étoit bien auffi pour quelque chofe.

LA BARONNE.

Je ne favois pas que le Marquis eût précédé mon frère auprès de la Vicomteffe.

LA COMTESSE.

Il n'en doutoit pas lui, & il n'en veut pas convenir; mais ignorant, fans doute, la propofition que le Vicomte, avoit faite à fa femme, de monter à cheval, & qu'elle l'avoit refufée, il dit devant lui qu'elle en avoit envie, & qu'il favoit que fi elle avoit des chevaux, elle les monteroit avec plaifir.

LA BARONNE.

De quoi s'avifoit-il?

LA COMTESSE.

C'étoit, fans doute, l'envie qu'il avoit de fe promener avec elle; il le lui dit à elle-même, & ils crurent que cela n'auroit aucune fuite : mais ce propos avoit réveillé la paffion du Vicomte pour fa femme, & un beau jour il arrive chez elle & lui préfente un habit de cheval charmant, un chapeau chargé de plumes, rien n'y manquoit; il fallut bien accepter cette galanterie, & convenir d'un jour pour monter à cheval au Bois de Boulogne; en attendant ce moment, le Vicomte alloit & venoit continuellement chez fa femme, enchanté de ce qu'elle avoit enfin le goût qu'il lui defiroit depuis long-tems.

LA BARONNE.

Voilà une grande étourderie que mon frère avoit faite ; cela me met presque en colère contre lui.

LA COMTESSE.

Attendez donc : le jour pris on se rend au Bois de Boulogne ; il y avoit eu un grand déjeûner avant.

LA BARONNE.

A l'angloise ?

LA COMTESSE.

Sûrement, & tout ce qui étoit du déjeûner avoit suivi.

LA BARONNE.

Cela devoit être charmant !

LA COMTESSE.

Rien n'étoit plus gai, à ce qu'on m'a dit ; votre frère seul avoit de l'humeur.

LA BARONNE.

J'imagine aisément, combien il craignoit les soins importuns du Vicomte pour sa femme.

LA COMTESSE.

Le rendez-vous étoit très-bien choisi. La Vicomtesse saute de la Voiture en criant, mon cheval ?

mon cheval ? Le Vicomte veut mettre beaucoup
d'importance à la leçon qu'il va donner, on l'en-
toure, on l'écoute . . . .

LA BARONNE.

Et, l'on rit ?

LA COMTESSE.

Vous le penſez bien. On amène le cheval, la
Vicomteſſe, ſans vouloir rien entendre, ſaute
deſſus & part au grand galop. L'étonnement du
Vicomte étoit à peindre, il n'en revient que pour
lui crier d'arrêter ; mais elle eſt déjà bien loin, &
l'on n'apperçoit plus que le Jockey, qui s'efforçoit
de la ſuivre.

LA BARONNE.

A merveille !

LA COMTESSE.

Toute la troupe monte à cheval & court après.
On dit que c'étoit le plus beau coup-d'œil du monde.

LA BARONNE.

Ce devoit être une vraie chaſſe ! Ah ! que j'aurois voulu être là !

LA COMTESSE.

On avoit perdu la voie ; on ſe diſperſe, & l'on
ſe réunit enfin à la Croix de Mortemart, où l'on
rejoint la Vicomteſſe. Elle s'arrête. On voit venir

fon mari, on le lui dit; elle imagine bien qu'il va arriver furieux; mais elle ne s'en embarraffe pas le moins du monde. Effectivement, il approche, tout effoufflé, ne fe poffédant pas de colère; il veut parler, elle lui éclate de rire au nez; fa fureur augmente, & il veut la faire defcendre de cheval.

LA BARONNE.

A fa place, je n'y aurois pas confenti.

LA COMTESSE.

Au contraire, la voilà qui repart plus vîte que la première fois.

LA BARONNE.

Ah! fort bien!

LA COMTESSE.

Cependant, bientôt après elle s'arrête, & elle revient au-devant de lui, pour lui dire, ne croyez-vous pas que je veux monter à cheval pour aller au pas? Non, Monfieur, voilà comme je compte mener toujours mes chevaux. Eh bien! Madame, reprit-il, ce ne fera pas les miens que vous menerez comme cela; voilà une bête dans un joli état! Eh bien! Monfieur, voilà quelque chofe de rare! je vous jure que je ne vous demanderai plus jamais de chevaux. A l'inftant elle faute à terre, & lâche fon cheval en lui donnant un coup de fouet. Le cheval s'emporte, le Vicomte le fuit pour le rejoindre, & depuis ce tems-là il n'a plus voulu la revoir chez elle, que lorfqu'il y a beaucoup de monde.

LA BARONNE.

Je trouve que pour fe débarraffer de fon mari, elle a agi avec beaucoup d'efprit.

LA COMTESSE.

C'eft ce que tout le monde a penfé.

LA BARONNE.

Quoi! nous voilà déjà chez la Maréchale?

LA COMTESSE.

Oui, vraiment. Ah! mon dieu, mon cœur, je fuis défefpérée!

LA BARONNE.

Comment! pourquoi donc?

LA COMTESSE.

Je ne peux pas fouper ici.

LA BARONNE.

Par quelle raifon?

LA COMTESSE.

C'eft que je n'ai pas vu encore ma grand'mère d'aujourd'hui, & qu'elle m'a défendu de venir que pour fouper.

LA BARONNE.

Quoi ! vous allez souper chez elle ?

LA COMTESSE.

Il le faut bien.

LA BARONNE.

En vérité, cela est bien mal à vous de me laisser comme cela au moment.....

LA COMTESSE.

Mais, mon cœur, comment voulez-vous que je fasse ?

LA BARONNE.

Et, quand vous verrai-je donc ?

LA COMTESSE.

Mais, demain matin ; puisque nous montons à cheval ensemble.

LA BARONNE.

Ah ! oui ; mais à quelle heure ?

LA COMTESSE.

A midi. Est-ce trop tôt.

LA BARONNE.

Pouvez-vous me dire cela, quand il est question d'être avec vous ?

LA COMTESSE.

Ah ! vous êtes charmante !

LA BARONNE.

Allons, à demain.

LA COMTESSE.

Adieu donc.

LA BARONNE.

Ah! écoutez donc que je vous dife.

LA COMTESSE.

Quoi, mon cœur?

LA BARONNE.

C'eft que ma fœur m'a dit de l'avertir quand je monterai à cheval.

LA COMTESSE.

Eh bien?

LA BARONNE.

Si cela vous contrarioit?

LA COMTESSE.

Pas le moins du monde. Mais, attendez donc.

LA BARONNE.

Comment?

LA COMTESSE.

S'il fait ce tems-là?

LA BARONNE.

Eft-ce que vous croyez.....

LA COMTESSE.

Tenez, je vous écrirai.

LA BARONNE.

Eh bien! oui, cela vaudra mieux.

LA COMTESSE.

En vérité, je suis furieuse de ne pas souper avec vous.

LA BARONNE.

Ah! ne parlons pas de cela.

LA COMTESSE.

Et, à propos, comment vous en retournerez-vous?

LA BARONNE.

J'enverrai chercher mes chevaux.

LA COMTESSE.

Ah! c'est affreux à moi! Adieu, mon cœur.

LA BARONNE.

Adieu, adieu.

LA COMTESSE.

Allons, prenez garde de vous enrhumer.

LE LAQUAIS.

Où va Madame?

LA COMTESSE.

Chez ma grand'mère.

Fin de la première Journée.

CONVERSATIONS

DES

GENS DU MONDE,

DANS TOUS LES TEMS

DE L'ANNÉE.

AVERTISSEMENT.

L'ON fe croit obligé de prévenir ceux qui liront cet Ouvrage, qu'ils n'y trouveront rien de neuf, & qu'on n'y a recueilli que ce qu'on entend dire tous les jours : le but de l'Auteur n'eft donc pas d'inftruire ; mais, au contraire, d'apprendre aux Etrangers à parler fans rien dire.

CONVERSATIONS

DES

GENS DU MONDE,

DANS TOUS LES TEMS DE L'ANNEE.

L'HIVER.

TOME PREMIER.

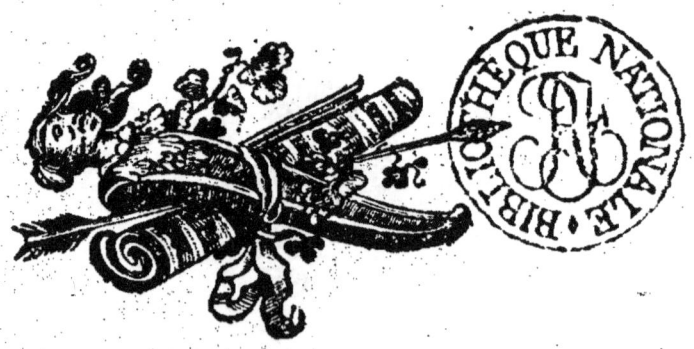

A PARIS,

A l'Imprimerie POLYTYPE, Rue Favart;
Et chez les Marchands de Nouveautés.

1786.

CONTES DE

... ORIENT ...

TOUS LES PAYS DU MONDE

PAR ...

TOME PREMIER.

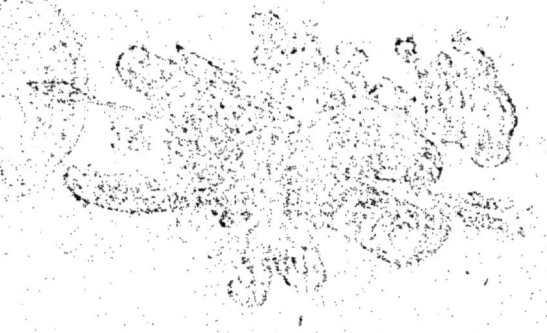

A PARIS,
A l'Imprimerie ... Rue ...
Chez les Marchands de Nouveautés.

1806.

LA
PROMOTION.
SECONDE JOURNÉE.

PERSONNAGES.

LA BARONNE.

LE COMTE DE NORTVAL.

LA COMTESSE DE NORTVAL.

LA MARQUISE D'AREMPIERRE.

LE VICOMTE D'AREMPIERRE.

Mlle. DE NORTVAL.

LE BARON DE SAINT-LEU.

LE CHEVALIER DE VIGNIERES.

Mlle. MOREL, Gouvernante de Mlle. DE NORTVAL.

JULIE, Femme-de-Chambre de la Comtesse.

DURAND, Valet-de-Chambre de la Comtesse.

La Scène est chez la Comtesse de Nortval, dans le Sallon.

LA PROMOTION.
SECONDE JOURNÉE.

SCÈNE PREMIÈRE.
LE COMTE, LA COMTESSE.

LA COMTESSE.

Ah! dites-moi donc, où allez-vous à préfent?

LE COMTE.

Je vais chez la Marquife d'Atempierre, pour lui faire compliment, fur ce que fon fils eft colonel.

LA COMTESSE.

Cela eft fort bien fait; mais, vous ne la trouverez fûrement pas.

LE COMTE.

Quoi qu'elle vous ait mandé qu'elle n'étoit arri-

F 2

vée que ce matin de Verfailles, je m'attends bien qu'elle fera fortie; car elle eft toujours en l'air.

LA COMTESSE.

Il eft vrai que fi fon Fils ne réuffit pas, ce ne fera pas fa faute.

LE COMTE.

A elle; car pour lui, je crois, comme je vous l'ai dit, que ce fera toujours un mince fujet....

LA COMTESSE.

Il ne faut défefpérer de rien, il eft bien jeune; on juge quelquefois les jeunes gens avec trop de précipitation.

LE COMTE.

Je defire fort de me tromper.

LA COMTESSE.

Il a un grand nom; avec cela une mère, qui ne perdra pas une occafion d'obtenir tout ce qui lui conviendra, & notre Fille fera très bien mariée.

LE COMTE.

Selon l'ufage, au moins.

LA COMTESSE.

Ayant une place à la Cour, ce fera un grand

avantage pour fes enfans ; & puis de belles allian-
ces ; il me femble que tout s'y trouve.

LE COMTE.

Pourvu que fon mari fe conduife bien ; mais...

LA COMTESSE.

Vous verrez que le mariage.... •

LE COMTE.

Lui donnera beaucoup plus d'argent à dépenfer.

LA COMTESSE.

Vous voyez un peu trop en noir, auffi, Comte.

LE COMTE.

Je fuis effrayé par les exemples.

LA COMTESSE.

Qu'aurions-nous pu faire de mieux ?

LE COMTE.

Vous croyez qu'avec ce que nous donnons à-
préfent, & les efpérances, nous n'aurions pas pu
trouver un meilleur parti ?

LA COMTESSE.

La mère du Vicomte, peut en faire tout cé

qu'elle voudra ; la protection & l'intrigue, sont toujours plus que le mérite.

LE COMTE.

J'en suis bien convaincu ; ainsi vous comptez que nous faisons une bonne affaire, & qu'il faut bannir toutes les réflexions. Je souhaite que nous n'ayons rien à nous reprocher.

LA COMTESSE.

Eh bien ! vous ne m'avez pas encore parlé de la promotion ?

LE COMTE.

Que voulez-vous que je vous en dise ? Voulez-vous que je me plaigne de ce qu'on s'est arrêté à moi pour ne plus faire de Lieutenans-Généraux ? Il faudra bien qu'on en fasse encore un jour ; quoique je n'aille pas à la Cour, je ne saurois croire qu'on me passera sur le corps en faisant mes cadets ; ainsi, un peu plutôt, un peu plus tard, j'ai pris mon parti.

LA COMTESSE.

Vous avez le droit de vous plaindre.

LE COMTE.

J'irai à Versailles, quand le Roi signera le contrat de ma Fille ; & pour lors, je me joindrai à tous ceux de ma promotion, qui se plaindront au Ministre.

LA COMTESSE.

Cela ne sera pas grand'chose.

LE COMTE.

C'est à quoi je m'attends ; voilà pourquoi je n'irai pas à Versailles, par le tems qu'il fait, pour n'en rapporter qu'un rhume.

LA COMTESSE.

C'est ce qui pourroit fort bien vous arriver. Il faudra pourtant savoir quel sera l'avis de la Marquise là-dessus.

LE COMTE.

Ah ! savez-vous ce que le Ministre me dira, quand je lui représenterai, que je ne crois pas avoir démérité auprès du Roi ?

LA COMTESSE.

Voyons ?

LE COMTE.

Monsieur, il vous a prouvé aussi qu'il étoit content de vos services ; puisqu'il y a deux ans, il vous a accordé le Gouvernement que vous avez.

F 4

LA COMTESSE.

Oui, & que vous n'auriez pas eu fans la vigi-
lance, le crédit & les foins de la Marquife.

LE COMTE.

Je crois bien qu'elle prévoyoit dès-lors, que par
ce moyen, vous ne pourriez pas refufer de donner
votre Fille à fon Fils.

LA COMTESSE.

Elle ne favoit pas qu'elle feroit un fi bon parti.

LE COMTE.

Elle favoit que votre Oncle, qui lui deftinoit
fon bien, ne vivroit pas long-tems. Je vous réponds
que c'eft une femme adroite.

LA COMTESSE.

Eh bien! tant mieux pour nous.

LE COMTE.

Je le fouhaite. Allons, allons, je m'en vais toujours.

LA COMTESSE.

Vous reviendrez de bonne heure?

LE COMTE.

Oui, oui.

SCÈNE II.

LE COMTE, LA COMTESSE, LE BARON, DURAND.

DURAND.

MONSIEUR le Baron de Saint-Leu.

LE COMTE.

Il va me retenir.

LE BARON.

Ah! Comte, on m'avoit dit que tu n'y étois pas.

LE COMTE.

C'est que je vais sortir.

LE BARON.

Madame la Comtesse, j'ai bien l'honneur de vous souhaiter le bonjour; remettez-vous donc. Tu venois chez moi, sans doute.

LE COMTE.

Non, j'allois........

LE BARON.

A Verfailles ? Il ne faut pas y aller feul. La première chofe qu'il faut faire ; c'eft de nous affembler, tout ce que nous fommes de Maréchaux-de-Camp de la promotion où l'on s'eft arrêté, & comme c'eft précifément à toi que cette nouvelle promotion a fini, je crois que tu dois en être encore plus piqué que nous.

LE COMTE.

Mais, comme cela.

LE BARON.

Que dis-tu donc ?

LA COMTESSE.

En vérité, Baron, je ne vois pas que cela foit d'une fi grande conféquence, pour faire beaucoup de bruit.

LE BARON.

Comment donc, Madame, voulez-vous que la première fois qu'on fera des Lieutenans-Généraux on nous oublie, & qu'on nous faffe paffer nos cadets fur le corps ? . . . .

LA COMTESSE.

Être Lieutenant-Général, au lieu de Maréchal-de-Camp, cela peut faire quelque chofe en Province; mais à Paris, fait-on ce que font les hommes? Il n'y a que dans le tems de la promotion qu'on parle de leurs grades; ainfi tout cela eft égal.

LE BARON.

Avec vous, Mefdames; mais entre nous autres Militaires, cela eft fort différent.

LA COMTESSE.

Quand on n'a plus de Régiment; moi, je trouve que l'on n'eft plus rien.

LE BARON.

Oui, en tems de paix; mais que la guerre fe déclare, alors la différence eft grande entre un Lieutenant-Général & un Maréchal-de-Camp. Ce Colonel que vous trouvez qui eft feul quelque chofe, en tems de paix, fe trouve bientôt à leurs ordres.

LA COMTESSE.

Oui; mais il faut pour cela, que ces Officiers Généraux foient employés.

LE BARON.

Sans doute.

LA COMTESSE.

Et où est le malheur de ne pas l'être ? Est-il bien agréable de se ruiner sans objet ?

LE BARON.

Sans objet, Madame ! On fait son métier, & cela mène.......

LA COMTESSE.

A quoi ?

LE BARON.

A être Maréchal de France, & à commander les Armées.

LA COMTESSE.

Premièrement, on est rarement Maréchal de France, & pour commander les Armées, il n'y en a qu'un ou deux sur toute la Noblesse Françoise ; ainsi, si vous en croyez mon conseil, tous les deux, vous vous tiendrez tranquilles.

LE BARON.

Comment, Madame, vous ne voulez pas que nous nous plaignions !

LA COMTESSE.

A quoi cela fervira-t'il ?

LE BARON.

A montrer au moins la volonté de fervir, le defir de fe voir avancé & de n'être pas privé des graces & des diſtinctions que nous méritons, autant que ceux qui nous précèdent.

LA COMTESSE.

Je ne vois pas un grand inconvénient à tout cela, ni un grand avantage à retirer de vos plaintes.

LE BARON.

Et, quand ce ne feroit que pour le monde, devons-nous nous taire ?

LA COMTESSE.

Le Miniſtre s'attend à tout ce que vous lui direz; il feroit bien plus furpris, fi vous vous teniez tranquiles.

LE BARON.

D'ailleurs, il pourra y avoir une addition à la promotion ; il faut toujours aller à Verſailles. Allons, Comte, viens chez le Commandeur.

LE COMTE.

Je le veux bien.

LA COMTESSE.

Vous n'irez donc pas chez la Marquise?

LE COMTE.

J'irai après.

LA COMTESSE.

Comme vous voudrez.

LE BARON.

Madame la Comtesse, on ne peut encore vous parler de rien?

LA COMTESSE.

Non, nous ne recevrons pas les complimens d'ici à quelques jours.

LE BARON.

Je viendrai vous demander à dîner, & vous me conterez tout cela.

LA COMTESSE.

Oui, oui.

SCÈNE III.

LA COMTESSE, JULIE.

JULIE.

MADAME, Mademoiselle eſt arrivée.

LA COMTESSE.

Il falloit donc venir me le dire ; nous n'avons pas de tems à perdre.

JULIE.

J'ai voulu attendre que Monſieur le Baron fut parti.

LA COMTESSE.

Vous avez bien fait ; allons, faites-la venir.

JULIE.

Elle eſt la-dedans, Madame.

LA COMTESSE.

Entrez, entrez, ma Fille.

SCÈNE IV.

LA COMTESSE, Mlle. DE NORTVAL, Mlle. MOREL, JULIE.

Mlle. DE NORTVAL, *embrassant la Comtesse.*

BON jour ma chère Maman.

LA COMTESSE.

Bon jour, bon jour, mon enfant. Bon jour Mademoiselle Morel. Elle est bien jaune, aujourd'hui, ma Fille; ne le trouvez-vous pas?

Mlle. MOREL.

Cela n'est pas étonnant, Madame; il y a trois jours que Mademoiselle pleure, quelque chose que j'aie pu lui dire.

LA COMTESSE.

Et de quoi pouvez-vous pleurer comme cela?

Mlle. DE NORTVAL.

Maman; c'est que.......

Mlle.

Mlle. MOREL.

Madame, c'eft le chagrin de quitter toutes ces Demoifelles du Couvent ; cela fait honneur au cœur de Mademoifelle.

LA COMTESSE.

Elle devoit, au contraire, être bien aife de penfer qu'elle alloit me voir à préfent très-fouvent.

Mlle. MOREL.

C'eft ce que je difois à Mademoifelle, pour la confoler.

LA COMTESSE.

Allons, embraffez-moi, & ne penfez plus à tout cela.

Mlle. MOREL.

Il y a encore une chofe qui doit faire grand plaifir à Mademoifelle, comme je lui difois.

LA COMTESSE.

Qu'eft-ce que c'eft, Mademoifelle Morel ?

Mlle. MOREL.

C'eft d'avoir un mari, comme Monfieur le Vicomte ; parce qu'une de fes compagnes lui a dit qu'elle le connoiffoit beaucoup.

G

LA COMTESSE.

Qu'eft-ce que c'eft que cette compagne ?

Mlle. DE NORTVAL.

Maman ; c'eft Mademoiſelle d'Orvalois.

LA COMTESSE.

Ah ! oui.

Mlle. MOREL.

C'eft ſa couſine, Madame.

LA COMTESSE.

Et, qu'eft-ce qu'elle en a dit, Mademoiſelle Morel ?

Mlle. MOREL.

Ah ! Madame ! que c'étoit un jeune homme très-bien élevé : & moi, qui l'ai vu quand il étoit petit, j'ai bien aſſuré Mademoiſelle, qu'il l'aimeroit infiniment & qu'elle ſeroit très-heureuſe avec lui.

LA COMTESSE.

Allons, cela eft fort bien ; mais comme il la verra ce ſoir, il faut ſonger à la faire coëffer.

Mlle. DE NORTVAL.

Je le verrai ce ſoir, Maman ?

LA COMTESSE.

Oui, il foupera ici. Eh bien, cela vous attrifte?

Mlle. DE NORTVAL.

C'eft que je n'oferai jamais le regarder.

LA COMTESSE.

Vous ne lui parlerez pas; mais vous pourrez l'examiner.

Mlle. DE NORTVAL.

Il ne me dira donc rien?

LA COMTESSE.

Non.

Mlle. DE NORTVAL.

Et je l'épouferai?

LA COMTESSE.

Oui.

Mlle. DE NORTVAL.

Je ne comprends pas.....

LA COMTESSE.

Mademoifelle Morel; elle me paroît bien petite aujourd'hui, ma Fille.

G 2

Mlle. MOREL.

Madame, c'est que Mademoiselle n'a pas encore de talons.

LA COMTESSE.

Ah! oui, cela est vrai. Allons, allez vous-en vous coëffer, & que personne n'entre à sa toilette que Léonard; entendez-vous, Mesdemoiselles?

Mlle. MOREL.

Oui, Madame.

LA COMTESSE.

Oui, embrassez-moi & songez à ne plus pleurer.

Mlle. DE NORTVAL.

Oui, Maman.

LA COMTESSE.

Et la voilà qui pleure!

Mlle. MOREL.

Il faut que Madame, lui pardonne; c'est pour la dernière fois.

SCÈNE V.

LA MARQUISE, LA COMTESSE; LE VICOMTE, DURAND.

DURAND.

MADAME la Marquife d'Arempierre, Monfieur le Vicomte d'Arempierre.

LA MARQUISE.

Eh bien! Madame, je fuis revenue ce matin, comme je vous l'ai mandé.

LA COMTESSE.

Après avoir fait une bonne affaire?

LA MARQUISE.

Et voilà mon Fils, qui a voulu abfolument venir recevoir votre compliment, fur ce qu'il eft Colonel.

LA COMTESSE.

Il faut que je l'embraffe.

LA MARQUISE.

Vous lui faites bien de l'honneur.

G 3

LA COMTESSE.

Êtes-vous bien aise, Monsieur le Vicomte, d'avoir un Régiment, à votre âge?

LE VICOMTE.

Assurément, Madame.

LA MARQUISE.

Ce qu'il y a d'heureux, c'est que c'est précisé-ment un Régiment qu'il connoît beaucoup.

LA COMTESSE.

Cela est fort agréable!

LE VICOMTE.

Oui, Madame; il étoit en garnison à Valen-ciennes, en même-tems que le Régiment où j'étois Capitaine.

LA COMTESSE.

Cela fait qu'on sait un peu à qui l'on a affaire.

LE VICOMTE.

Aussi, je sais que j'y ferai beaucoup de chan-gemens.

LA COMTESSE.

Croyez-vous réussir, par-là, au Régiment?

LE VICOMTE.

Madame, un Colonel est le maître; tout ce qui compose le Corps est à ses ordres.

LA COMTESSE.

Mais........

LE VICOMTE.

Quand c'est pour le bien du service, quand c'est pour mieux faire!

LA COMTESSE.

Vous savez donc........?

LA MARQUISE.

Oh! il est très-instruit! Vous sentez bien que je me suis occupée de savoir ce qu'en pensoit son Colonel & les Officiers Généraux qui ont été à Valenciennes; &, je puis le répéter, quoiqu'il soit là, ils m'en ont dit tous les biens du monde.

LA COMTESSE.

Je n'en suis pas surprise.

G 4

LE VICOMTE.

Et puis, Madame, ce n'eft pas une chofe difficile, de commander un Régiment.

LA COMTESSE.

Quand on a de l'expérience.

LE VICOMTE.

Lorfqu'on a été Capitaine, & qu'on a fu un peu voir, on en fait autant qu'il en faut.

LA COMTESSE.

Il paroît que, jufqu'à préfent, vous avez été fort appliqué à votre métier.

LA MARQUISE.

Cela eft vrai.

LE VICOMTE.

Madame, j'ai un cabinet d'armes, où j'ai formé une collection de tous les fabres que l'on a imaginé, dans tous les tems, & dans tous les pays.

LA COMTESSE.

Cela doit être fort curieux.

LE VICOMTE.

J'ai ici une épée, qui a été faite avec un damas que j'ai fait refendre en quatre ; cela fait une lame turque admirable ! Je vais vous la faire voir. (*Il tire son épée.*)

LA COMTESSE.

Ah ! Monſieur le Vicomte, finiſſez donc !

LA MARQUISE.

Mais, mon Fils, eſt-ce que l'on tire comme cela ſon épée chez une Femme ?

LE VICOMTE.

C'étoit pour montrer à Madame.

LA MARQUISE.

Mais, fi donc ! Il eſt un peu jeune, votre gendre, Madame.

SCÈNE VI.

LA MARQUISE, LA COMTESSE, LE VICOMTE, LE CHEVALIER, DURAND.

DURAND.

Monsieur le Chevalier de Vignières.

LA MARQUISE.

Je ne le connois pas.

LE VICOMTE.

C'est un de mes amis, Madame; il aura été chez moi, & on lui aura dit que j'étois ici.

LE CHEVALIER.

Madame, Monsieur le Vicomte m'a assuré que vous ne trouveriez pas mauvais qu'il me procura l'honneur de vous être présenté.

LE VICOMTE.

Oui, Madame; j'ai cru que vous seriez bien aise de connoître Monsieur le Chevalier.

LA COMTESSE.

Monfieur, c'eft bien de l'honneur........

LA MARQUISE.

Mais, mon Fils, il falloit au moins demander la permiffion à Madame la Comteffe.

LE VICOMTE.

C'eft auffi ce que je voulois faire ; mais je l'ai oublié.

LA COMTESSE.

Monfieur le Chevalier, voulez-vous bien vous affeoir ?

LE CHEVALIER.

Madame, je fuis très-bien.

LA COMTESSE.

Madame la Marquife, voulez-vous paffer là-dedans ? J'ai beaucoup de chofes à vous montrer.

LA MARQUISE.

Volontiers.

LA COMTESSE.

Paffez donc.

LA MARQUISE.

Mon Fils ?

LE VICOMTE.

Maman ?

LA MARQUISE.

Ne vous en allez pas que je ne fois rentrée.

LE VICOMTE.

Pourvu que vous ne foyez pas long-tems ; car j'ai bien affaire.

LA COMTESSE.

Meſſieurs, vous permettez ? Nous reviendrons à l'inſtant.

SCENE VII.

LE VICOMTE, LE CHEVALIER.

LE CHEVALIER.

C'est donc là la belle-mère ?

LE VICOMTE.

C'eſt elle-même.

LE CHEVALIER.

Elle eſt encore jeune. Et le Comte?

LE VICOMTE.

Il eſt ſorti, je crois.

LE CHEVALIER.

Oui; mais, je dis, c'eſt à lui qu'on a arrêté la promotion des Lieutenans-Généraux; n'eſt-ce pas?

LE VICOMTE.

Oui; on me l'a dit.

LE CHEVALIER.

Quel homme eſt-ce? un homme de qualité?

LE VICOMTE.

Oui; mais de qualité de Province; c'eſt-à-dire, cependant, fort bon.

LE CHEVALIER.

Et la mère eſt.......

LE VICOMTE.

Une fille de qualité; mais originairement de robe.

LE CHEVALIER.

Cela n'empêchera pas que ta femme n'aie une place à la Cour?

LE VICOMTE.

Non, sûrement.

LE CHEVALIER.

Tu auras des parens dans la Robe?

LE VICOMTE.

Peut-être bien, je ne sais pas trop; mais moi, je n'aurai que faire à eux.

LE CHEVALIER.

Ah! pour hériter?

LE VICOMTE.

Pour hériter, tant qu'ils voudront.

LE CHEVALIER.

Oui; mais il faudra porter les deuils.

LE VICOMTE.

Cela fera embarraffant ; parce que je ne me fouviendrai jamais des noms.

LE CHEVALIER.

Tu te les feras donner par écrit.

LE VICOMTE.

Oui, oui ; c'eft une excellente idée ! Cela fera très-plaifant !

LE CHEVALIER.

Et ta femme, eft-elle jolie ?

LE VICOMTE.

Ma foi, je n'en fais rien ; j'ai oublié de le demander.

LE CHEVALIER.

Réellement ?

LE VICOMTE.

Oui ; que veux-tu ? Cela n'eft pas intéreffant ; c'eft ma mère qui connoît ces gens-ci, depuis deux ans, & qui a arrangé tout cela.

LE CHEVALIER.

Il eft vrai qu'une jeune femme qu'on époufe….

LE VICOMTE.

Ce n'eſt qu'une affaire d'argent; je la verraí pourtant ce ſoir.

LE CHEVALIER.

Qu'eſt-ce que tu lui diras?

LE VICOMTE.

Ma-foi, rien.

LE CHEVALIER.

Oui; on n'eſt pas obligé de leur parler, dans cette occaſion.

LE VICOMTE.

C'eſt ce qu'on m'a dit. Il n'y a que les mères, qui ſe parlent ſans ceſſe, & qui ont toujours quelque choſe à ſe dire.

LE CHEVALIER.

Et les Femmes-de-Chambre, donc?

LE VICOMTE.

S'en mêlent-elles auſſi?

LE CHEVALIER.

Ah! ſi tu avois vu, quand ma ſœur a épouſé

le Marquis ; elles étoient comme des folles, elles
rioient, elles pleuroient, & elles difoient plus de
bêtifes ! Ah ! comme Monfieur le Marquis aimera
bien Madame ! Ah ! comme............!

LE VICOMTE.

Et, il n'y penfoit feulement pas, lui ?

LE CHEVALIER.

Il étoit comme toi ; nous en avons bien ris
enfemble.

LE VICOMTE.

N'avoit-il pas Zéphirine, dans ce tems-là ?

LE CHEVALIER.

Il l'a bien encore ; nous y foupons tous les jours
enfemble, & tu y eft venu fouper avec nous.

LE VICOMTE.

Il avoit dit qu'il la quitteroit en fe mariant.

LE CHEVALIER.

Il auroit bien fait.

LE VICOMTE.

Peut-être.

H

Le Chevalier.

Je crois qu'il faut s'amufer ; mais ne pas fe ruiner. Les mauvaifes affaires inquiètent les parens, on a de la peine à les voir, on s'en éloigne, on fe brouille avec eux, & l'on eft bientôt fans reffources. Si on veut revenir dans fa maifon, on eft réduit à manger un poulet tout feul dans fa chambre ; & pour fe débarraffer des créanciers, on fait dire au Suiffe de leur refufer la porte ; tout cela eft odieux !

Le Vicomte.

Cela n'arrive guères, que quand on n'eft pas fort riche.

Le Chevalier.

Dis plutôt que, quand on a pas d'ordre, comme mon beau-frère ; voilà où il en eft, à vingt-quatre ans.

Le Vicomte.

Oh ! j'aurai de l'ordre, moi ; je ne ferai pas comme le Marquis.

Le Chevalier.

Je te le confeille.

Le Vicomte.

Premièrement, je ne veux pas avoir d'Intendant, il n'y a rien de fi ruineux. Ces coquins-là, quelque fortune que vous ayez, difent toujours qu'ils n'ont pas le fol.

Le Chevalier.

Comment feras-tu ?

Le Vicomte.

J'ai un Valet-de-Chambre, qui écrit fort bien, qui recevra mes revenus, & qui ne pourra pas me refufer mon argent, quand je lui en demanderai.

Le Chevalier.

Il eft donc entendu, Henry ?

Le Vicomte.

Et il a beaucoup de goût. Il me fait meubler actuellement une petite maifon, pour Amélie, qui fera charmante !

Le Chevalier.

Tu quitte donc Camille ?

Le Vicomte.

Il le faut bien, à caufe du mariage.

Le Chevalier.

C'eft très-bien penfé ; mais à ta place, je ne prendrois pas l'autre.

H 2

Le Vicomte.

Il est vrai; mais c'est une fantaisie : je vais être riche, il faut bien que je me satisfasse.

Le Chevalier.

Elle n'a pas d'esprit, Amélie.

Le Vicomte.

Elle est bête à manger du foin; elle dit des choses impayables! Elle ne sait ni la valeur des mots, ni la valeur des choses; mais elle rit toujours : je la trouve très-amusante.

Le Chevalier.

Elle n'est pas trop jolie.

Le Vicomte.

Elle est un peu brune; mais elle est fort piquante; & puis tout le monde l'a eue, il faut bien que j'aie mon tout.

Le Chevalier.

Oh! cela est indispensable.

Le Vicomte.

Parbleu, elles sont bien long-tems!

LE CHEVALIER.

As-tu acheté des voitures, des chevaux ?

LE VICOMTE.

Oui, & tout cela est fort beau.

LE CHEVALIER.

Et fort cher ?

LE VICOMTE.

Assez. Mais, une superbe acquisition, ce sont deux chevaux de selle superbes !

LE CHEVALIER.

Ah ! je les connois. Ils ne sont pas bons pour le Régiment ?

LE VICOMTE.

Non ; ce sont des chevaux de promenade, pour le Bois de Boulogne ; ils resteront à Paris.

LE CHEVALIER.

A la bonne-heure. Souperas-tu, aujourdhui, chez Camille ?

LE VICOMTE.

Non, ma mère veut que je soupe ici ; mais

après le fouper, j'irai vous retrouver, & de-là j'irai chez Amélie.

LE CHEVALIER.

N'a-t'elle pas un Anglois, à préfent?

LE VICOMTE.

Oui, c'eft en attendant ; c'eft une paffade.

LE CHEVALIER.

Ah! fort bien !

LE VICOMTE.

Enfin, voilà ces Dames !

SCÈNE VIII.

LA MARQUISE, LA COMTESSE, LE VICOMTE, LE CHEVALIER.

LA MARQUISE.

JE vous affure, Madame, que tout cela fera très-bien.

LA COMTESSE.

Je fuis fort aife que vous en foyez contente.

LA MARQUISE.

Ah! ça, mon fils, il faut que vous veniez avec moi, chez votre tante.

LE VICOMTE.

Mais, en vérité, maman, je ne le peux pas.

LA MARQUISE.

Pourquoi donc?

LE VICOMTE.

J'ai affaire avec le Chevalier, à l'Opéra.

LA MARQUISE.

Eft-ce qu'on fait là des affaires?

LE VICOMTE.

Sûrement; le Major du Régiment y fera, je lui ai donné rendez-vous.

LA MARQUISE.

C'eft que vous ne verrez pas votre tante, chez elle, ce foir.

LE VICOMTE.

Cela me fera bien difficile; mais j'enverrai m'y faire écrire.

H 4

LA MARQUISE.

Oui ; ce sera comme si elle vous y avoit vu : Elle meurt d'envie de vous embrasser, depuis qu'elle sait que vous êtes Colonel.

LE VICOMTE.

Elle est bien bonne ; mais . . . . .

LA COMTESSE.

Madame la Marquise, elle le verra ici.

LA MARQUISE.

Ce soir ?

LA COMTESSE.

Sans doute.

LA MARQUISE.

Vous l'avez priée ?

LA COMTESSE.

Croyez-vous donc que j'aurois pu l'oublier ?

LA MARQUISE.

Oh ! non ; je sais trop combien vous êtes attentive.

LA COMTESSE.

Pouvez-vous me faire des complimens comme cela, à moi ?

LA MARQUISE.

Eh bien, mon fils, allez vous-en donc ; mais revenez de bonne-heure.

LE VICOMTE.

Oui, oui.

LA COMTESSE.

Faites, faites vos affaires, avant tout.

LA MARQUISE.

Vous voulez donc le gâter ?

LA COMTESSE.

Adieu, Monsieur le Chevalier.

LE CHEVALIER.

Madame, voulez-vous bien ne pas prendre garde à moi.

LA COMTESSE.

Cela est impossible.

LE CHEVALIER.

Je vous en supplie.

LA COMTESSE.

Je vous laisse aller.

SCÈNE IX.

LA MARQUISE, LA COMTESSE.

LA COMTESSE.

IL est fort bien, le Chevalier.

LA MARQUISE.

C'est le grand ami de mon Fils.

LA COMTESSE.

Il a l'air assez sensé.

LA MARQUISE.

Il a pourtant déjà fait bien des folies ; mais il est encore fort jeune.

LA COMTESSE.

A-t'il un Régiment ?

LA MARQUISE.

Non, pas encore; il étoit trop difficile cette fois-ci.

LA COMTESSE.

Non pas pour vous: mais comment avez-vous fait avec les vingt-deux ans du Vicomte?

LA MARQUISE.

Il avoit un frère aîné, plus âgé que lui d'un an, qui se nommoit de même, &.....

LA COMTESSE.

J'entends.

LA MARQUISE.

C'est une supercherie bien innocente.

LA COMTESSE.

Sûrement.

LA MARQUISE.

Eh bien, si le père du Vicomte avoit vécu, il ne l'auroit jamais permise.

LA COMTESSE.

Vous le croyez?

LA MARQUISE.

J'en fuis sûre ; il étoit comme cela, il voyoit de l'honneur à tout. A propos....

LA COMTESSE.

Quoi donc ?

LA MARQUISE.

Il faut que je vous faffe ma confeffion.

LA COMTESSE.

Comment, que voulez-vous dire ?

LA MARQUISE.

C'eft que j'ai fait une chofe affreufe !

LA COMTESSE.

Je ne vous comprends pas.

LA MARQUISE.

J'efpère pourtant, quand vous faurez mes rai-fons, que vous m'approuverez ; c'eft pour le mieux.

LA COMTESSE.

Dites ce que c'eft.

LA MARQUISE.

Je dois vous paroître un monstre.

LA COMTESSE.

Quelle plaisanterie !

LA MARQUISE.

Devinez ce qui a empêché le Comte d'être Lieutenant-Général ?

LA COMTESSE.

Je ne devine jamais rien.

LA MARQUISE.

Eh bien, c'est moi qui ai fait arrêter, à lui, la promotion.

LA COMTESSE.

Je ne saurois le croire.

LA MARQUISE.

C'est-à-dire, que je suis parvenue à y faire comprendre celui qui le précède, dont je ne me soucie point du tout.

LA COMTESSE.

Et, pourquoi n'y avoir pas fait comprendre le Comte ?

LA MARQUISE.

Parce que je ne le voulois pas. Ecoutez-moi bien : dans tous les cas, j'ai voulu aſſurer le ſort de mon Fils.

LA COMTESSE.

Et, qu'eſt-ce que cela peut produire d'avantageux pour lui?

LA MARQUISE.

Vous allez le voir. Le Comte aura un juſte ſujet de ſe plaindre, de n'avoir pas été compris dans la promotion ; & par-là, il ſe trouve dans le cas d'obtenir une autre grace.

LA COMTESSE.

Et, quelle grace?

LA MARQUISE.

La voici. En demandant au Roi ſon agrément pour notre mariage, nous lui demanderons d'aſſurer le douaire de votre Fille, mais, d'une manière à en être refuſé.

LA COMTESSE.

Vous ne ſerez pas fort avancée.

LA MARQUISE.

Pardonnez-moi, deux sujets de plainte donnent plus de droits pour obtenir ce que l'on desire.

LA COMTESSE.

Et, que desirez-vous ?

LA MARQUISE.

Que le Roi assure, à mon Fils, la survivance du Gouvernement du Comte, & par conséquent l'espoir de vingt mille livres de rente.

LA COMTESSE.

Ah! cela est imaginé à merveille!

LA MARQUISE.

Mais, il faut que le Comte jette les hauts cris, sur l'injustice qu'on lui a faite ; dans le premier moment on ne l'écoutera pas, & notre survivance obtenue, on refera une petite promotion, où le Comte sera compris, qui contentera tout le monde. Ne lui parlez pas de tout ceci, les hommes n'entendent rien aux affaires ; ils ont une probité gauche, qui leur fait manquer les choses les plus faciles.

LA COMTESSE.

Tout le monde n'a pas vos moyens.

LA MARQUISE.

Il faut toujours demander, obtenir & se plaindre.

LA COMTESSE.

Après avoir obtenu ?

LA MARQUISE.

Sans doute ; il n'y a que ceux qui savent se plaindre qui obtiennent. Quand on remercie, il faut se faire promettre encore ; on ne donne qu'à ceux à qui on a déjà donné ; c'est l'usage, cela a été de tous tems.

LA COMTESSE.

Vous le croyez ?

LA MARQUISE.

Sûrement. Ne voyez-vous pas qu'il n'y a qu'une sorte de gens qui obtient tout, ordinairement ?

LA COMTESSE.

Cela est vrai.

LA MARQUISE.

Eh bien, c'eſt qu'il font ce que je viens de vous dire.

LA COMTESSE.

En vérité, Madame, je ſuis dans la plus grande admiration, de toutes les reſſources que vous avez dans l'eſprit, pour patvenir à vos fins!

LA MARQUISE.

Jugez, tout ce que je ſaurai faire pour nos enfans.

LA COMTESSE.

Quelle imagination il faut que vous ayez!

LA MARQUISE.

Si vous ſaviez tous les reſſorts que j'ai employé, pour obtenir le domaine que le Roi m'a donné, vous m'admireriez bien davantage : je vous conterai tout cela un jour.

LA COMTESSE.

Je vois que rien ne peut, ni vous embarraſſer, ni vous arrêter.

LA MARQUISE.

Si vous ſaviez combien tout cela eſt facile ; il

I

n'y a qu'à bien vouloir, & ne jamais se piquer, ni se rebuter.

LA COMTESSE.

Oui ; mais il faut avoir votre tête.

LA MARQUISE.

Adieu, ma chère Comtesse. Embrassez-moi donc.

LA COMTESSE.

De tout mon cœur.

LA MARQUISE.

Je cours chez ma sœur, qui sûrement s'impatience beaucoup. Allons, laissez-moi aller.

LA COMTESSE.

Eh bien, je ne veux pas vous tourmenter, je vous laisse.

LA MARQUISE.

Adieu, Comte ; je ne vous dis rien, nous nous verrons ce soir.

SCÈNE X.

LA COMTESSE, LE COMTE.

LA COMTESSE.

Ah! mon Dieu, que cette femme-là a d'esprit!

LE COMTE.

Oui, & un joli esprit!

LA COMTESSE.

Un esprit, à gouverner un Empire!

LE COMTE.

Un esprit noir, méchant, trigaud.....

LA COMTESSE.

Allons, vous ne la connoissez pas.

LE COMTE.

Je voudrois, pour la moitié de mon bien, ne
l'avoir jamais connue; mais nous n'avons pas signé
le contrat, ce mariage n'est pas fait.

LA COMTESSE.

Que dites-vous donc, Monſieur ? eſt-ce que
vous auriez ſeulement la penſée de le rompre ?

LE COMTE.

Je voudrois bien qu'il me fût poſſible !

LA COMTESSE,

Et, pourquoi cela ?

LE COMTE.

Pour bien des raiſons, & je vais vous les dire
toutes.

LA COMTESSE.

Calmez-vous, avant.

LE COMTE.

Je ſuis trop en colère. Ecoutez-moi. Je ne me
ſouciois pas abſolument d'être Lieutenant-Général;
mais à préſent que je ſais qui l'a empêché.....

LA COMTESSE.

Eh bien ?

LE COMTE.

Le croiriez-vous, Madame ? Nous ſommes trahis

par cette femme, dont le fils va épouser notre
ille.

LA COMTESSE.

Qui vous a dit cela ?

LE COMTE.

Des Gens bien inſtruits.

LA COMTESSE.

Croyez-vous que la Marquiſe ait ce pouvoir-
là ? eſt-il vraiſemblable ? Je vous réponds que
vous ſerez Lieutenant-Général.

LE COMTE.

Dans cinq ans.

LA COMTESSE.

Non, dans peu. Vous en rapporterez-vous la-
deſſus à ce que vous dira ma mère ?

LE COMTE.

Et pourquoi pas à vous ?

LA COMTESSE.

Parce que vous n'avez point de confiance en
moi.

I 3

LE COMTE.

J'ai tort ; vous vous laissez duper comme un enfant. Vous ne savez pas encore ce que c'est que ce petit Vicomte, que vous prenez pour gendre ?

LA COMTESSE.

Comment ! que lui reprochez-vous ?

LE COMTE.

Sa dépense, comme je vous le disois tantôt.

LA COMTESSE.

Et, quelle dépense ?

LE COMTE.

Il entretient une Fille de l'Opéra.

LA COMTESSE.

Je sais cela ; sa mère me l'a dit.

LE COMTE.

Sa mère !

LA COMTESSE.

Oui ; mais il va la quitter.

LE COMTE.

Pour en reprendre une autre.

LA COMTESSE.

C'eſt une calomnie !

LE COMTE.

C'eſt ſon Valet-de-Chambre qui l'a dit.

LA COMTESSE.

Ecoutez-vous, des miſérables rapports comme ceux-là ?

LE COMTE.

Il ſera ruiné, ainſi que votre fille, avant peu.

LA COMTESSE.

Je vous réponds, moi, qu'il fera la plus grande fortune.

LE COMTE.

Il ne fera que des ſotiſes.

LA COMTESSE.

Sa mère les réparera.

LE COMTE.

Je ſais qu'elle eſt très-intriguante.

LA COMTESSE.

Je ne veux point de complaisances sur ce mariage ; vous savez que ma mère voit très-bien ; consultez-là.

LE COMTE.

C'est encore une tête chaude, comme votre Marquise ; une engouée, une ambitieuse, & qui voit tout comme elle le desire.

LA COMTESSE.

Mais, a-t'elle jamais fait de fausses démarches ?

LE COMTE.

Non.

LA COMTESSE.

Tout ce qu'elle a entrepris n'a-t'il pas réussi ?

LE COMTE.

Sûrement ; puisque je n'ai jamais pu me défendre de vous épouser.

LA COMTESSE.

Cela est honnête !

LE COMTE.

Je suis en colère.

LA COMTESSE.

Vous défendrez-vous de consentir à donner votre fille au Vicomte, si elle vous le conseille?

LE COMTE.

Si elle me le conseille?

LA COMTESSE.

Et, elle vous le conseillera, j'en suis sûre, malgré tout ce que vous pourrez lui dire, & elle vous prouvera que nous faisons une très-bonne affaire, si vous me permettez de lui dire deux mots.

LE COMTE.

Et, comment voulez-vous que je puisse vous empêcher de lui parler?

LA COMTESSE.

Songez seulement à vous plaindre très-haut, au Ministre, de ce que vous n'êtes pas Lieutenant-Général, & vous le serez.

LE COMTE.

Allons, je me plaindrai.

LA COMTESSE.

Mais, n'allez pas dire que c'est la Marquise qui a empêché que vous ne l'ayez été de cette promotion-ci.

LE COMTE.

Je ne l'ai dit qu'à vous.

LA COMTESSE.

On n'a pas ôté vos chevaux?

LE COMTE.

Non.

LA COMTESSE.

Eh bien, allons ensemble chez ma mère.

LE COMTE.

Je le veux bien. Ah! ma pauvre fille!

LA COMTESSE.

Ah! la voici, ma mère.

LE COMTE.

Eh bien! nous allons voir.

SCÈNE XI.

LA BARONNE, LA COMTESSE, LE COMTE.

LA COMTESSE.

MAMAN, nous allions, le Comte & moi, vous chercher.

LA BARONNE.

Je suis bien aise de vous avoir prévenus. Je viens de faire beaucoup de visites; c'est-à-dire, que je n'ai trouvé personne, & au lieu de rentrer chez moi, je me suis fait descendre ici, parce que je comptois que la Marquise y seroit.

LA COMTESSE.

Elle y va revenir.

LA BARONNE.

Pour moi, je ne me lasse point de voir & d'entendre cette femme-là !

LA COMTESSE.

Le Comte la trouve très-dangereuse.

LA BARONNE.

C'eſt-à-dire, qu'elle le feroit ſi elle le vouloit;
parce que perſonne n'a, comme elle, l'art de
perſuader tout ce qu'elle veut.

LE COMTE.

Voilà donc comme elle vous a fait croire, que
ma fille, en épouſant ſon fils, faiſoit un très-
grand mariage?

LA BARONNE.

Et, un mariage excellent!

LA COMTESSE.

Eh bien; il ne croit pas cela.

LA BARONNE.

C'eſt qu'il écoute les envieux.

LE COMTE.

Les envieux?

LA BARONNE.

Sûrement. Pour moi, je ne conçois pas, ce qu'on peut defirer de plus fatisfaifant, dans une pareille affaire.

LE COMTE.

Je le conçois bien, moi.

LA BARONNE.

Et, quoi donc?

LE COMTE.

On doit defirer pour fa fille, un homme qui ait des mœurs.

LA BARONNE.

Ah! des mœurs! Voilà un grand mot!

LA COMTESSE.

C'eft vainement que je lui dis qu'il a les mœurs à la mode.

LE COMTE.

A la mode? des mœurs!

LA COMTESSE.

Sans doute.

LE COMTE.

Ah ! je ne favois pas celui-là , par exemple.

LA BARONNE.

Mais, pour un homme de qualité, il eft in-
concevable que vous foyez furpris de tout,
comme vous l'êtes ! Songez donc qu'il faut que
les hommes fuivent, fans héfiter, le chemin qui
mène à la fortune.

LE COMTE.

Eft-ce en fe ruinant, qu'on y arrive ?

LA BARONNE.

Eft-on jamais ruiné ?

LE COMTE.

Ah ! demandez aux créanciers.

LA BARONNE.

Si vous les écoutez, ils auront toujours raifon ;
mais un revers de fortune, n'eft pas une ruine

effective; c'eft une épreuve, qui vous fait mieux fentir ce que vous aurez à craindre à l'avenir.

LA COMTESSE.

Et qui vous met à portée de vous en garantir pour toujours.

LE COMTE.

Je crois que ce qui en peut le mieux garantir c'eft de fe conduire en honnête homme.

LA BARONNE.

Et, qui ne l'eft pas honnête homme?

LE COMTE.

Je fais bien que manquer à fes devoirs envers fa femme..........

LA BARONNE.

Ah! fes devoirs! Ma fille, il eft charmant, le Comte!

LE COMTE.

Comment, Madame........?

LA COMTESSE.

Je vous dis, il n'eſt occupé que de ceux de ſon gendre, vis-à-vis de ſa fille.

LA BARONNE.

Réellement ?

LA COMTESSE.

Oui, & voilà ce qui lui fait croire qu'elle ſera très-mal mariée.

LE COMTE.

Et, je le ſoutiens.

LA BARONNE.

'Allons, Comte, ſongez que vous n'êtes pour rien dans tout cela.

LE COMTE.

Je ne le ſais que trop.

LA BARONNE.

Et, que la Marquiſe, votre femme & moi, nous ſavons très-bien ce que nous faiſons.

LE

LE COMTE.

J'aurai de la peine à en convenir.

LA BARONNE.

Si vous ne trouvez pas tous les avantages réunis, dans une pareille alliance ; vous ne connoissez donc pas tout ce que vaut la Marquise ?

LE COMTE.

Pardonnez-moi, Madame.

LA BARONNE.

Pourquoi n'en seriez vous donc pas content ?

LE COMTE.

Parce que.........

LA BARONNE.

Voyons, voyons ?

LA COMTESSE.

Mais, maman ! est-ce que vous ne voyez pas qu'il plaisante ?

K

LA BARONNE.

Eh ! vous avez raifon ! Comme je croyois tout ce qu'il me difoit ! cela étoit excellent !

LE COMTE.

Vous pourriez bien le croire encore.

LA BARONNE.

Je m'amufois là à difputer, fur ce qu'il favoit auffi bien que moi : mais, favez-vous, Comte, que c'eft très-mal à vous, de me perfifler comme cela ?

LE COMTE.

Je vous réponds que je ne perfifle pas.

LA COMTESSE.

Ah ! voilà la Marquife.

SCÈNE DERNIÈRE.

LA MARQUISE, LA BARONNE, LA COMTESSE, LE COMTE.

LA BARONNE.

ARRIVEZ, arrivez donc, Madame ; nous venons d'avoir ici une scène excellente !

LA MARQUISE.

Qu'est-ce que c'est donc, Madame la Baronne ?

LA BARONNE.

C'est le Comte, qui vouloit nous persuader, que nous faisions mal de vous donner ma petite-fille.

LA MARQUISE.

Il di.. t cela ?

LA COMTESSE.

C'est-à-dire, qu'il a plaisanté la-dessus très-long-tems.

K 2

LA MARQUISE.

Ah! je le reconnois bien là! Il est toujours charmant, le Comte!

LE COMTE.

Point du tout, Madame, je crois.....

LA COMTESSE.

Allez-vous continuer ? La Marquise n'a que faire de cette plaisanterie-là.

LA MARQUISE.

Pardonnez-moi, je l'aimerois fort.

LE COMTE.

Je crois que non.

LA COMTESSE.

Ah! laissons cela, je vous prie.

LA BARONNE.

Oui, oui; voyons un peu ma petite-fille.

LA COMTESSE.

Elle est à sa toilette.

LA BARONNE.

Et, le Vicomte, où est-il ?

LA MARQUISE.

Il est à l'Opéra.

LA COMTESSE.

Ah ! fort bien ! c'est le spectacle des Gens de goût.

LA MARQUISE.

Il aime fort la musique, mon fils.

LA BARONNE.

Tant mieux ! il nous donnera des concerts.

LA MARQUISE.

Tant que vous en voudrez.

LE COMTE.

Je le crois ; cela ne lui coûtera rien.

LA MARQUISE.

Sûrement ; il aime les fêtes à la folie.

LA BARONNE.

C'est un enfant charmant, que mon petit gendre !

LE COMTE.

Oh ! divin !

LA BARONNE.

Mais, oui ; voilà le mot ! Je vois que le Comte l'aime déjà passionnément.

LE COMTE.

Moi ?

LA COMTESSE.

Oui ; pourquoi nous le cacher ?

LA MARQUISE.

En vérité, vous êtes, tous trois, charmans.

LE COMTE.

Non pas moi.

LA COMTESSE.

Voulez-vous que nous passions chez ma fille ?

LA MARQUISE.

J'allois vous le demander.

LA BARONNE.

Comte, donnez la main à Madame la Marquise.

LE COMTE.

C'est que je le voulois......

LA MARQUISE.

Allons, allons; je m'empare de vous pour toute la journée; le Notaire va arriver, & nous signerons tout de suite.

LA BARONNE.

Oui; tout de suite, tout de suite.

LA COMTESSE, *à la Baronne.*

Le voilà pris; il ne pourra plus s'en dédire.

Fin de la seconde Journée.

CONVERSATIONS

DES

GENS DU MONDE,

DANS TOUS LES TEMS

DE L'ANNÉE.

AVERTISSEMENT.

L'ON se croit obligé de prévenir ceux qui liront cet Ouvrage, qu'ils n'y trouveront rien de neuf, & qu'on n'y a recueilli que ce qu'on entend dire tous les jours : le but de l'Auteur n'est donc pas d'instruire ; mais, au contraire, d'apprendre aux Etrangers à parler sans rien dire.

CONVERSATIONS

DES

GENS DU MONDE,

DANS TOUS LES TEMS DE L'ANNEE,

L'HIVER.

TOME PREMIER.

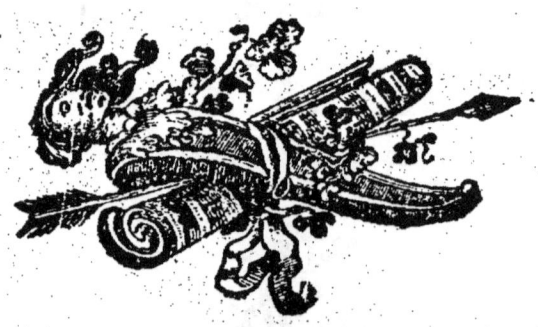

A PARIS;
A l'Imprimerie POLYTYPE, Rue Favart,
Et chez les Marchands de Nouveautés.

1786.

AVIS AU PUBLIC.

CONVERSATIONS des Gens du monde, dans tous les Tems de l'Année:

Ouvrage nouveau, composé de Drames, appelés Journées; il y en aura six par Saison.

L'HIVER.

Les Visites du Jour de l'An,   Iere. Journée.
La Promotion,   IIeme.
Le Dégel,   IIIeme.
Le Bal,   IVeme.
Le Carême,   Veme.
La Partie de Longchamps,   VIeme.

LE PRINTEMS.

La Vacance des Spectacles,   Iere. Journée.
La Rentrée de l'Opéra,   IIeme.
La Rosiere,   IIIeme.
Les Orangers,   IVeme.
La Promenade des Tuileries,   Veme.
La Maison des Boulevards,   VIeme.

L'ÉTÉ.

La Nouvelle des Tuileries,   Iere. Journée.
Le Désœuvrement de l'Été,   IIeme.

La Vanité Bourgeoife, IIIeme.

Le Pavillon du Rempart, IVeme.

L'Entre-Chien & Loup, Veme.

Les Nouveaux Venus, VIeme.

L'AUTOMNE.

Le Moment de la Promenade, Iere. Journée.

Le Répertoire inutile, IIeme.

Le Grand Chemin, IIIeme.

La Saint Hubert, IVeme.

Le Départ de la Campagne, Veme.

Le Retour à Paris, VIeme.

Il paroîtra deux Cahiers ou Soirées, par mois, une tous les quinze jours ; chaque volume fera composé de fix cahiers : le tout formera, par conféquent, quatre volumes dans un an.

Le prix de chaque cahier, pris féparément, eft de 24 fols.

On les trouve & on peut fe faire infcrire, A PARIS,

A L'IMPRIMERIE POLYTYPE, rue Favart, lettre K.

Chez
{
ROYEZ, Libraire, quai des Auguftins.
BUISSON, Libraire, rue des Poitevins, hôtel de Mefgrigny.
HARDOUIN & GATTEY, au Palais-Royal.
LESCLAPART, rue du Roule.
}

Et chez les Marchands de Nouveautés.

LE DÉGEL.

TROISIÈME JOURNÉE.

PERSONNAGES.

M. DE GREVAL.

MME. DE GREVAL.

LE COMTE DE ROCHECLAIR.

LA PRÉSIDENTE DE BILLIERE.

LE BARON DES GRAIS.

MME. DE LANCIERES.

LE DOCTEUR.

LA COMTESSE DE LORAINVILLE.

LA MARQUISE DE VILLARCI.

LA VIDAME DE BÉVIERE.

LE VICOMTE DE REZAN.

LE COMMANDEUR DE RALZAC.

DUVAL, Valet-de-Chambre de Mme. DE GREVAL.

La Scene est chez Madame de Greval.

LE DÉGEL.

TROISIÈME JOURNÉE.

SCÈNE PREMIÈRE.

Mᵐᵉ. DE GREVAL, M. DE GREVAL, DUVAL.

M. DE GREVAL.

Eh bien, Duval, ce Poëlier ne veut donc pas venir raccommoder le poële de la Salle à manger?

DUVAL.

Monfieur, j'y ai été quatre fois; il ma toujours dit qu'il viendroit demain.

M. DE GREVAL.

J'irai moi-même. Madame, fortirez-vous aujourd'hui? --- Elle ne repondra pas.

DUVAL.

Monsieur, j'ai été aussi chez M. Martinol.

M. DE GREVAL.

Ah! pour ma pendule? Eh bien, qu'est-ce qu'il a dit?

DUVAL.

Il dit, qu'il sait bien que vous devriez l'avoir; mais qu'il n'a pas pu faire autrement.

M. DE GREVAL.

Tous ces gens-là sont insupportables! Je lui ferai attendre son argent. Eh bien, Madame, dites donc si vous comptez faire beaucoup de visites aujourd'hui?

Mad. DE GREVAL, *écrivant.*

En vérité, Monsieur, vous êtes odieux! Vous me tourmentez, que c'est affreux!

M. DE GREVAL.

Je vous tourmente?

Mad. DE GREVAL.

Mais, sûrement; vous voyez que je suis à écrire.

M. DE GREVAL.

Vous ne faites jamais autre chose.

Mad. DE GREVAL.

C'eſt qu'il eſt impoſſible, quand on tient une maiſon, de n'avoir pas ſans ceſſe mille billets à faire, pour arranger les ſoupers; il faut que les gens que l'on prie, ſe conviennent.

M. DE GREVAL.

Peſte, cela eſt bien important !

Mad. DE GREVAL.

Plus que vous ne penſez; & puis dans ce tems-ci, ne faut-il pas, au moins, faire réponſe à toutes les lettres que l'on reçoit.

M. DE GREVAL.

Tout cela ſe peut faire le matin; mais, quand je vous demande ſi vous comptez faire beaucoup de viſites, il n'y a qu'un mot à répondre, oui ou non.

Mad. DE GREVAL.

C'eſt-là ce que je ne peux pas dire.

L 3

M. DE GREVAL.

Parce que vous n'avez point d'ordre dans la tête ; moi, j'arrange dès le matin toute ma journée.

Mad. DE GREVAL.

Oh ! mais, vous !

M. DE GREVAL.

Et par-là, je sais le chemin que feront mes chevaux.

Mad. DE GREVAL.

Quoi ! c'est pour mes chevaux que vous voulez savoir ce que je ferai aujourd'hui ?

M. DE GREVAL.

Oui, vraiment ; parce que je voudrois qu'on les fit saigner demain, en même-tems que les miens.

Mad. DE GREVAL.

Par la gelée qu'il fait ?

M. DE GREVAL.

Par la gelée ? eh, mais attendez donc.

Mad. DE GREVAL.

Vous feriez bien mieux de les faire ferrer à glace, afin qu'on puisse aller sûrement.

M. DE GREVAL.

Pour plus de sûreté, il vaudroit bien mieux ne pas sortir.

Mad. DE GREVAL.

Oui, vous verrez que je ne rendrai pas les visites que l'on me fait.

M. DE GREVAL.

Il n'y a qu'à envoyer se faire écrire.

Mad. DE GREVAL.

Comme on fait en Province, n'est-ce pas?

M. DE GREVAL.

Cela est fort sensé.

Mad. DE GREVAL.

Et pendant ce tems-là, je ferai donc fermer ma porte, & je ne verrai personne?

M. DE GREVAL.

Pourquoi cela ?

Mad. DE GREVAL.

Parce que, si l'on sait que je suis restée chez moi, je passerai pour une impertinente. Mais, pourquoi sortez-vous tous les jours, vous, le matin, le soir ?

M. DE GREVAL.

Parce que j'ai des affaires.

Mad. DE GREVAL.

Oui, l'après-dîner. Vos affaires sont d'aller ramasser des nouvelles au Club ou à l'Opéra.

M. DE GREVAL.

Allons, allons, je m'en vais.

SCÈNE II.

MME. DE GREVAL, M. DE GREVAL,
LE COMTE, DUVAL.

DUVAL.

MONSIEUR le Comte de Rocheclair.

LE COMTE.

Eh bien, où allez-vous donc, Monsieur de
Greval ? Il fait un froid du diable, je vous en
avertis.

M. DE GREVAL.

Je le sais bien, je suis sorti ce matin.

Mad. DE GREVAL.

Monsieur le Comte, croyez-vous qu'il fasse plus
froid qu'hier ?

LE COMTE.

Oui, Madame, il y a trois degrés de plus.

Mad. DE GREVAL.

Je n'aurois pas cru cela.

LE COMTE.

Voilà, sans doute, pourquoi vous avez un si mauvais feu.

M. DE GREVAL.

Vous savez bien que les femmes étouffent toujours.

Mad. DE GREVAL.

Ne l'écoutez pas ; sonnez, & demandez du bois.

LE COMTE.

Il y en a bien assez, il n'est question que de le rallumer. D'ailleurs, on sait bien que vous n'êtes pas comme ma belle-sœur, qui, lorsqu'on demande une buche, fait apporter un morceau de bois gros comme une flûte.

Mad. DE GREVAL.

Mais, je vous dis, demandez-en.

LE COMTE.

Non, non ; je vais seulement l'arranger. Eh bien, savez-vous le mariage ?

Mad. DE GREVAL.

Non, vraiment ; dites donc ?

LE COMTE.

C'est celui de ma petite-nièce.

M. DE GREVAL.

Mademoiselle de Clairvieux ?

LE COMTE.

Oui.

M. DE GREVAL.

Et qui épouse-t'elle ?

LE COMTE.

Le Marquis de Molercy.

Mad. DE GREVAL.

Que me dites-vous là !

LE COMTE.

Ils ne m'ont pas demandé conseil, je n'ai rien à donner.

M. DE GREVAL.

Mais, tout le monde leur auroit dit qu'il est ruiné.

LE COMTE.

Sûrement ; mais ils voyent des espérances sans fin.

Mad. DE GREVAL.

Et puis, il me femble qu'il a la tête un peu légère.

M. DE GREVAL.

Et qu'il aime beaucoup la dépenfe.

LE COMTE.

Rien n'eft plus vrai ; mais ils difent à cela qu'il eft fort noble, qu'il a un beau nom & un Régiment.

Mad. DE GREVAL.

Et puis, qu'il n'eft pas mal à la Cour.

LE COMTE.

C'eft-à-dire, qu'il y va pour jouer.

Mad. DE GREVAL.

J'en fuis fâchée pour la petite-nièce.

LE COMTE.

Et moi auffi.

M. DE GREVAL.

On la dit très-jolie.

LE COMTE.

Elle eſt charmante! Elle a de l'eſprit, des talens,
& le plus grand deſir de plaire ; enfin, on ne
ſauroit être plus aimable.

Mad. DE GREVAL.

Plus vous m'en dites, & plus cela m'afflige.

LE COMTE.

Que voulez-vous ? Le père & la mère vous
aſſurent qu'ils font la meilleure affaire du monde.

Mad. DE GREVAL.

Mais, elle eſt riche, Mademoiſelle de Clairvieux ; n'eſt-ce pas ?

LE COMTE.

Elle a actuellement trente mille livres de rente ;
je crois que c'eſt quelque choſe, pour une fille de
qualité.

M. DE GREVAL.

Allons, je m'en vais.

LE COMTE.

A l'Opéra ? Je vous y verrai.

SCÈNE III.

Mᵐᵉ. DE GREVAL, LE COMTE, DUVAL.

Mad. DE GREVAL.

DITES-MOI un peu, foupez-vous ici demain?

LE COMTE.

Je ne fais pas trop, à caufe de ce mariage; je ferai peut-être obligé d'aller paffer la foirée chez la mère du Marquis.

Mad. DE GREVAL.

Eft-elle toujours auffi ridicule qu'elle étoit il y a deux ans?

LE COMTE.

Bon! c'eft bien pis; elle ne parle plus que de phyfique & de chimie.

Mad. DE GREVAL.

Eft-ce que vous lui trouvez de l'efprit?

LE COMTE.

Je n'en trouve pas, au moins à cette manie des Sciences qui s'eſt emparé depuis quelque tems de la plupart des femmes. Elles ſavent tout actuellement, excepté le quantième du mois, les jours de la ſemaine, & l'heure qu'il eſt.

Mad. DE GREVAL.

Cela eſt vrai, au moins.

LE COMTE.

Elles ne ſavent jamais, non plus, où elles mettront leurs dauphins, quand elles jouent au loto. A propos, ſavez-vous que l'Évêque nous a ruiné, hier au ſoir, chez la Maréchale.

Mad. DE GREVAL.

Mais, dites-môi donc pourquoi il n'eſt jamais dans ſon Diocèſe ; que fait-il ici ?

LE COMTE.

Il y fait très-bien ſes affaires.

Mad. DE GREVAL.

Ah! oui, vraiment. On m'a dit qu'on lui avoit

donné une Abbaye de quarante mille livres de rente : cela eſt-il vrai ?

LE COMTE.

Rien n'eſt plus vrai , encore n'étoit-il pas content ; & il y avoit des femmes qui s'écrioient que c'étoit affreux , qu'on lui eût donné ſi peu.

Mad. DE GREVAL.

Et la Maréchale , le plaignoit-elle ?

LE COMTE.

Je vous réponds bien que non ; elle ne peut pas ſouffrir toutes les prétentions qu'il a.

Mad. DE GREVAL.

Je penſe bien comme elle.

LE COMTE.

Je voudrois que vous euſſiez entendu tout ce qu'elle lui a dit un jour qu'il y avoit une place vacante à l'Académie Françoiſe , ſur ce qu'il vouloit la conſulter pour ſavoir. . . . . . .

M. DE GREVAL.

Si l'on voudroit de lui ?

LE COMTE.

Non; mais s'il pourroit se dispenser de faire des visites, & s'il ne lui suffiroit pas d'écrire au Secrétaire, qu'il avoit envie d'être de l'Académie.

Mad. DE GREVAL.

Je voudrois qu'il eût fait cette sotise-là.

LE COMTE.

Et moi aussi, & la Maréchale a été bien fâchée de l'en avoir empêché; mais elle n'a pas pu y tenir en l'entendant parler de sa qualité, en voulant être Académicien.

Mad. DE GREVAL.

Savez-vous qu'on a dit un moment, qu'il alloit avoir la feuille?

LE COMTE.

C'étoit une plaisanterie de la Maréchale, qui réussit à merveille; car il le crut au point d'aller passer huit jours à Versailles, à attendre le Portefeuille, qu'elle lui ôta comme elle le lui avoit donné, en lui mandant que la nouvelle étoit de sa façon.

M

Mad. DE GREVAL.

Je trouve la plaisanterie délicieuse !

LE COMTE.

Il revint furieux contre elle ; mais il n'a jamais ôsé lui en parler.

DUVAL.

Madame la Présidente de Billiere.

Mad. DE GREVAL.

Vous vous en allez, Monsieur le Comte ?

LE COMTE.

Oui, Madame.

Mad. DE GREVAL.

Tâchez donc de venir demain.

LE COMTE.

Je ne vous le promets pas.

SCÈNE IV.

Mme. DE GREVAL, LA PRÉSIDENTE.

Mad. DE GREVAL.

MAIS, Madame, comment est-il possible que vous sortiez par ce tems-là?

LA PRÉSIDENTE.

Madame, pour avoir l'honneur de vous voir, le tems n'y fait rien.

Mad. DE GREVAL.

Vous êtes bien honnête; mais ne trouvez-vous pas qu'il fait bien froid?

LA PRÉSIDENTE.

Mais, pas trop, quand on marche; je me suis promenée toute la matinée à pied.

Mad. DE GREVAL.

Vous étiez donc bien fourrée?

M 2

LA PRÉSIDENTE.

Oh! je vous en répond!

Mad. DE GREVAL.

Et vous ne craignez pas de tomber?

LA PRÉSIDENTE.

Non, vraiment. J'ai été déjeûner chez mon frère, qui demeure à la Place Royale; je suis revenue chez moi par le rempart, & je vous assure que je n'ai presque pas eu froid.

Mad. DE GREVAL.

C'est être fort brave; moi je suis enrhumée, rien que pour aller au spectacle.

LA PRÉSIDENTE.

Mais, c'est que toutes les sorties en sont mortelles.

Mad. DE GREVAL.

Tout le monde en convient, & ils sont toujours remplis, quelque tems qu'il fasse.

LA PRÉSIDENTE.

On a des loges, il faut bien y aller, sans cela on ne verroit personne; car les visites, depuis

quelque tems, ne commencent qu'après le spectacle.

Mad. DE GREVAL.

Madame, il me semble qu'on m'a dit que vous
alliez loger au Marais.

LA PRÉSIDENTE.

Mais, fi donc, Madame! Il est pourtant vrai
que j'en ai eu un peu la peur. Monfieur de Bil-
lière en a eu grande envie, quand il a fu que le
Roi avoit acheté l'Opéra.

Mad. DE GREVAL.

Il l'aime donc beaucoup?

LA PRÉSIDENTE.

C'est felon; il a des habitudes qui l'y attirent.

Mad. DE GREVAL.

C'est comme mon mari.

LA PRÉSIDENTE.

A peu près. Il dit qu'il ne connoît plus rien à
la musique des Opéras nouveaux.

Mad. DE GREVAL.

Vous l'aimez, vous, Madame?

M 4

LA PRÉSIDENTE.

Si je l'aime! Ah! il n'y a rien pour moi de plus enchanteur !

Mad. DE GREVAL.

Vous jouez du clavecin, je crois ?

LA PRÉSIDENTE.

C'est-à-dire, du piano. Mon frère joue du violon ; il fait venir d'Italie toute la musique nouvelle, à mesure qu'elle paroît : vous n'avez pas d'idée du charme que nous éprouvons !

Mad. DE GREVAL.

Cela doit être d'une difficile exécution.

LA PRÉSIDENTE.

Ah ! quand on en a l'habitude, cela ne coûte rien.

Mad. DE GREVAL.

Oui, quand on est aussi habile que vous l'êtes, Madame. N'a-t'il pas été malade, Monsieur votre frère ?

LA PRÉSIDENTE.

Oui, Madame ; il a eu une fluxion de poitrine ;

mais il n'y paroît plus : nous craignions tous qu'il n'y perdît sa voix.

Mad. DE GREVAL.

Eh bien ?

LA PRÉSIDENTE.

Il l'a toujours de même.

Mad. DE GREVAL.

Et, est-ce une grande voix que la sienne ?

LA PRÉSIDENTE.

Point du tout ; mais il a un goût !..... un goût !..... Enfin, tous ceux qui ont été en Italie, sont tous d'accord qu'on n'y chante pas mieux que lui.

Mad. DE GREVAL.

Cela est fort agréable. Il est Maître des Requêtes, je crois ?

LA PRÉSIDENTE.

Oui, Madame.

Mad. DE GREVAL.

Et fort près de l'Intendance, sans doute ?

M 4

LA PRÉSIDENTE.

Mais, nous eſpérons.

Mad. DE GREVAL.

Avec tous les talens qu'il a, il eſt fort à deſirer qu'on ne perde pas de tems à l'employer.

LA PRÉSIDENTE.

Il a beaucoup de projets, & je crois qu'il réuſſira.

Mad. DE GREVAL.

Pourvu qu'il ſoit dans une Ville où il y ait un ſpectacle, encore.

LA PRÉSIDENTE.

Il eſt ſûr que s'il n'y en a pas, il fera tout ſon poſſible pour y en établir un.

Mad. DE GREVAL.

C'eſt que cela raſſemble tout le monde.

LA PRÉSIDENTE.

Rien n'eſt plus néceſſaire pour un Intendant; je dis même indiſpenſable : & puis l'hiver, il y a des bals, & ſans cela la Province ne ſeroit pas ſupportable.

Mad. DE GREVAL.

Pour moi, je le crois.

LA PRÉSIDENTE.

J'ai été une fois dans une petite ville de Province, où il n'y avoit que des marionnettes ; eh bien, j'y allois tous les jours.

Mad. DE GREVAL.

Je comprends cela à merveille.

_____

SCÈNE V.

Mme. DE GREVAL, LA PRÉSIDENTE, LE BARON, DUVAL.

DUVAL.

Monsieur le Baron des Grais.

LE BARON.

Mesdames, j'ai l'honneur de vous saluer ; remettez-vous donc, je vous prie.

Mad. DE GREVAL.

Comment va votre rhumatifme, Monfieur le Baron?

LE BARON.

Madame, vous avez bien de la bonté; de ce tems-là, c'eft pis que jamais, je ne dors pas de la nuit.

Mad. DE GREVAL.

Il y aura bien des maladies, je crois, cet hiver.

LE BARON.

Sûrement; & comment êtes-vous, vous, Madame?

Mad. DE GREVAL.

Mais, un peu enrhumée.

LE BARON.

Cela ne peut pas être autrement.

Mad DE GREVAL.

Nous parlions de Monfieur de Béligneres.

LE BARON.

Ah! le Maître des Requêtes: c'eft un très-galant homme, qui m'a fait gagner un procès, au Confeil, tout d'une voix. J'ai paffé vingt fois chez lui, pour le remercier, & je ne l'ai jamais pu trouver.

LA PRÉSIDENTE.

C'eft que votre procès étant gagné, vous n'aviez plus befoin de le voir.

LE BARON.

Mais, pardonnez-moi, Madame.

LA PRÉSIDENTE.

Non, Monfieur; c'eft fon ufage. Il ne laiffe entrer chez lui que tant que l'affaire n'eft pas encore jugée.

LE BARON.

Ah! ah! celui-là eft fingulier!

Mad. DE GREVAL.

Monfieur le Baron, Madame eft fa fœur.

LE BARON.

En ce cas, Madame, je voudrois bien mériter que vous me permiffiez de vous charger de tous mes remerciemens envers Monfieur votre frère.

LA PRÉSIDENTE.

Je m'en charge avec grand plaifir. Madame, vous favez comme il eft timide, mon frère, il n'y a rien de fi aifé que de l'embarraffer.

Mad. DE GREVAL.

Oui, cela eft facile.

LA PRÉSIDENTE.

Il lui arriva cet été, au Palais-Royal, une aventure affez plaifante. Il fe promenoit avec deux de fes amis. Une Demoifelle marchoit devant lui; elle avoit une robe de fi mauvais goût, qu'il ne put pas s'empêcher de s'écrier, parbleu voilà une vilaine robe! A l'inftant la Demoifelle fe retourne, le regarde & lui fait une grande révérence. Il eft confondu; mais à trois pas de là, cette Demoifelle l'arrête devant fa mère & fes fœurs, qui étoient affifes, & elle s'écrie fort haut : maman, voilà Monfieur de Béligneres, qui nous a fait gagner notre procès; ah! que nous fommes heureufes, enfin, de le trouver après avoir été tant de fois inutilement chez lui, pour lui faire nos remerciemens! Bientôt il fut entouré, non-feulement par cette famille; mais encore de tout ce qui étoit

dans le jardin, & il eut une peine incroyable à
se dégager de la foule.

LE BARON.

Il n'a pas, je parie, trouvé souvent des gens si
reconnoissans.

LA PRÉSIDENTE.

C'étoit une famille de Province.

Mad. DE GREVAL.

Je m'en serois douté.

LE BARON.

On m'a dit une chose de lui, qui me fâche ;
vu l'intérêt qu'il m'inspire.

Mad. DE GREVAL.

Qu'est-ce que c'est donc, Baron ?

LE BARON.

Écoutez donc, on n'est pas toujours maître de
ses goûts ; on est entraîné malgré soi, souvent.

Mad. DE GREVAL.

Achevez donc.

LE BARON.

Cela n'eſt peut-être pas vrai. On m'a aſſuré qu'il eſt très-attaché à une femme un peu folle, ou pour le moins très-ridicule.

LA PRÉSIDENTE.

Cela n'eſt pas poſſible, & je le ſaurois.

LE BARON.

Oh! pardonnez-moi, il ne la quitte pas. Mon-dieu, comment ſe nomme-t'elle donc?

LA PRÉSIDENTE.

Je voudrois bien ſavoir qui c'eſt.

LE BARON.

Ah! m'y voici; c'eſt la Préſidente de Billiere.

LA PRÉSIDENTE.

Mais, c'eſt moi qui ſuis la Préſidente de Billiere.

LE BARON.

Vous, Madame?

Mad. DE GREVAL.

Eh! oui, Baron. Allons, vous rêvez.

LE BARON.

J'aurai confondu, apparemment; mais on m'a dit une femme ridicule; vous la connoissez sûrement, elle aime beaucoup la musique.

LA PRÉSIDENTE.

Mais, c'est donc toujours moi.

LE BARON.

En ce cas-là, Madame, prenez que je n'ai rien dis; je vous demande bien pardon, & je vous souhaite le bon soir.

SCÈNE VI.

MME. DE GREVAL, LA PRÉSIDENTE.

Mad. DE GREVAL.

Madame, je vous fais bien des excuses pour lui.

LA PRÉSIDENTE.

Bon, je vous jure que cela ne me fait rien du tout. Je suis seulement occupée.....

Mad. DE GREVAL.

De quoi donc ?

LA PRÉSIDENTE.

Je vois ce que c'est ; on lui aura parlé.....

Mad. DE GREVAL.

De qui ?

LA PRÉSIDENTE.

De la Présidente du Merlier, qui est la femme du monde la plus extravagante, qui fait venir de la musique d'Italie, & chez qui il y a des concerts excellens, où mon frère ne manque pas d'aller. On dit même qu'elle ne donne ces concerts que pour rassembler du monde & choisir un mari parmi tous les hommes qui vont chez elle.

Mad. DE GREVAL.

C'est cela même. Le pauvre Baron, s'en va comme cela ramassant tout ce qu'il entend dire par-tout ; & puis il brouille les noms, de manière qu'on ne comprends jamais rien à tout ce qu'il vous raconte.

LA PRÉSIDENTE.

Me voilà au fait, à présent.

Mad.

Mad. DE GREVAL.

Je suis sûre qu'il est désespéré de son étourderie, & je vais lui écrire pour le tranquiliser; car sans cela il n'oseroit revenir ici de long-tems.

LA PRÉSIDENTE.

Mandez-lui, je vous prie, que je ne suis point du tout fâchée contre lui.

Mad. DE GREVAL.

C'est ce que je ne manquerai pas d'ajouter; puisque vous le trouvez bon.

LA PRÉSIDENTE.

Je vais vous laisser écrire.

Mad. DE GREVAL.

J'aurai bientôt l'honneur de vous revoir, j'espère?

LA PRÉSIDENTE.

Mais, Lundi, chez Madame de Versonnois.

Mad. DE GREVAL.

Vous y soupez?

N

LA PRÉSIDENTE.

Sûrement. Ah! çà, laiffez-moi donc aller.

Mad. DE GREVAL.

Vous le voulez? Adieu, Madame.

LA PRÉSIDENTE.

A demain, à la Comédie Italienne?

Mad. DE GREVAL.

Eh, vraiment oui! Je l'oubliois.

_____

SCÈNE VII.

MME. DE GREVAL, MME. DE LAN-CIERES, DUVAL.

DUVAL.

MADAME de Lancieres.

Mad. DE GREVAL.

Ah! ma fœur, vous voilà de bonne-heure.

Mad. DE LANCIERES.

Oui, ma fœur, & j'ai déjà fait trois vifites par ce tems-là.

Mad DE GREVAL.

Vous n'avez donc trouvé perfonne ?

Mad. DE LANCIERES.

Non, heureufement.

Mad. DE GREVAL.

Ma fœur, que je vous dife donc.

Mad. DE LANCIERES.

Quoi, ma fœur ?

Mad. DE GREVAL.

Vous connoiffez la Préfidente de Billiere & le Baron des Grais ?

Mad. DE LANCIERES.

Affurément, je les connois; ils font auffi en-nuyeux l'un que l'autre.

Mad. DE GREVAL.

Eh bien, ils viennent de me donner une fcène délicieufe !

Mad. DE LANCIERES.

Ah! comptez-moi donc cela.

Mad. DE GREVAL.

Le Baron a beaucoup loué le frère de la Préfidente.

Mad. DE LANCIERES.

A propos de quoi?

Mad. DE GREVAL.

D'un procès au Confeil, qu'il lui a fait gagner.

Mad. DE LANCIERES.

Je crois qu'il y a peu contribué.

Mad. DE GREVAL.

Je le crois auffi. Le Comte, après avoir pris le plus grand intérêt à lui, a dit qu'il étoit très-fâché qu'il fût lié avec une folle, une femme ridicule, & devinez qui il a nommé?

Mad. DE LANCIERES.

Je ne le trouverai jamais.

Mad. DE GREVAL.

Eh bien! la Préfidente elle-même.

Mad. DE LANCIERES.

Celui-là eft exquis! qu'en eft-il arrivé?

Mad. DE GREVAL.

Que le Baron a été confondu, & qu'il s'en eft allé.

Mad. DE LANCIERES.

Et elle?

Mad. DE GREVAL.

Bon! elle a imaginé qu'il s'étoit trompé de nom, & qu'il avoit voulu dire la Préfidente du Merlier.

Mad. DE LANCIERES.

Elle ne fe croit ni folle, ni ridicule, la Préfidente de Billiere.

N 3

SCÈNE VIII.

Mᵐᵉ. DE GREVAL, Mˡˡᵉ. DE LAN-CIERES, LE DOCTEUR.

Mad. DE LANCIERES.

AH ! voilà le Docteur !

Mad. DE GREVAL.

Docteur, pourquoi donc n'êtes-vous pas venu dîner avec nous ?

LE DOCTEUR.

Parce que je donnois à dîner chez moi, Madame, à plusieurs de mes amis, avec une dinde de Périgueux que m'avoit donné un de mes malades.

Mad. DE LANCIERES.

Que vous avez mis à la diette, peut-être ?

LE DOCTEUR.

Cela est encore vrai.

Mad. DE GREVAL.

Pour avoir sa dinde ?

LE DOCTEUR.

Ah! je ne fais pas de ces tours-là.

Mad. DE LANCIERES.

Si c'étoit un de vos amis ?

LE DOCTEUR.

Peut-être en pourrois-je être tenté ; mais j'aurois au moins le bon procédé de suspendre sa diette, pour lui faire manger sa part de sa dinde ; mais rassurez-vous ; c'est un Evêque à qui on en envoie trois chaque semaine ; ainsi, vous voyez que je ne lui ferois pas grand tort.

Mad. DE GREVAL.

Docteur, à propos, comment va la petite Vicomtesse ?

LE DOCTEUR.

Mais, pas bien.

Mad. DE LANCIERES.

Est-il vrai qu'elle est retombée ?

LE DOCTEUR.

Rien n'est plus vrai ; elle a voulu aller au Bal.

Mad. DE GREVAL.

Et, elle a danfé ?

LE DOCTEUR.

Six contre-danfes de fuite.

Mad. DE LANCIERES.

Avec fa petite fanté ?

LE DOCTEUR.

Elle a fait bien pis. Après cela, elle a pris des glaces.

Mad. DE GREVAL.

Par le tems qu'il fait ?

LE DOCTEUR.

Auffi, elle a une fluxion de poitrine bien plette.

Mad. DE LANCIERES.

Cela eft affreux !

Mad. DE GREVAL.

Prendre des glaces après avoir danfé fix contre-danfes ! comment ne l'en a-t'on pas empêché ?

Le Docteur.

On lui en avoit refufé ; mais un de ces hommes qui veulent plaire aux femmes en fecondant toutes leurs fantaifies, lui en a été chercher, & perfonne que lui ne s'en eft apperçu.

Mad. DE LANCIERES.

Elle lui aura-là une belle obligation, fi elle en meurt.

Le Docteur.

Madame, les imprudences des jeunes perfonnes, font prefque toujours caufe des maux qu'elles éprouvent toute leur vie.

Mad. DE GREVAL.

Eh bien, on le leur dit inutilement.

Mad. DE LANCIERES.

Docteur, il doit y avoir bien des malades de ce tems-là ?

Le Docteur.

Mais, les bals, le mauvais air qu'on refpire dans les petites loges des fpectacles, & le froid qui vous faifi en en fortant, produifent les trois quarts des maladies.

Mad. DE GREVAL.

Je le crois bien ; aussi ai-je la précaution d'être très-fourrée lorsque j'y vais.

Mad. DE LANCIERES.

Moi, j'ai ma voiture tout de suite. Docteur, venez un jour avec moi à l'Opéra.

LE DOCTEUR.

J'aime mieux me conserver pour vous guérir. Allons, je m'en vais.

Mad. DE GREVAL.

Mais, Docteur, vous ne m'avez pas dit, si je continuerai mes bains ?

LE DOCTEUR.

Par ce froid-là ?

Mad. DE GREVAL.

Ah ! vous avez raison.

Mad. DE LANCIERES.

Et vous ne nous avez pas dit la moindre nouvelle.

LE DOCTEUR.

Eſt-ce que vous ne ſavez pas le changement qu'il y a dans le miniſtere ?

Mad. DE GREVAL.

Non, vraiment.

LE DOCTEUR.

Je crois que vous en ſerez contente.

Mad. DE GREVAL.

Renvoye-t'on quelqu'un ?

LE DOCTEUR.

Mais, à peu près.

Mad. DE LANCIERES.

Allons, dites donc ?

Mad. DE GREVAL.

Bon ! cela n'eſt pas vrai.

LE DOCTEUR.

Je vous réponds que je le tiens de très-bonne part.

Mad. DE LANCIERES.

Allons, nommez-nous.

LE DOCTEUR.

Je ne le peux pas encore; j'ai donné ma parole.

Mad. DE GREVAL.

Vous êtes odieux !

Mad. DE LANCIERES.

Docteur, mais, dites donc ?

LE DOCTEUR.

Mesdames, je vous salue.

SCÈNE IX.

Mᵐᵉ. DE GREVAL, Mᵐᵉ. DE LANCIERES.

Mad. DE GREVAL.

MA sœur, savez-vous que je croirois assez ce qu'il vient de dire, le Docteur.

Mad. DE LANCIERES.

Et qui croyez-vous qu'on pourroit renvoyer?

Mad. DE GREVAL.

Je n'en fais rien; mais il me semble qu'il y a

presque toujours une suite de Fontainebleau, dans le courant de l'hiver.

Mad. DE LANCIERES.

A propos, ma sœur, que je vous dise donc, j'ai fais une réforme chez moi.

Mad. DE GREVAL.

Comment ?

Mad. DE LANCIERES.

J'ai renvoyé la Bonne Bernard.

Mad. DE GREVAL.

Quoi ! elle, que vous disiez que vous aimiez tant ?

Mad. DE LANCIERES.

Elle me contrarioit sur tout ; j'ai voulu finir cela, je lui fais une pension, & je crois qu'elle va se marier.

Mad. DE GREVAL.

Elle est affreuse !

Mad. DE LANCIERES.

Cela ne fait rien ; elle en a envie, & ils disent tous qu'elle est un bon parti.

Mad. DE GREVAL.

Vous avez donc fait une promotion?

Mad. DE LANCIERES.

Oui; Julie eſt à préſent la première, & j'en ai pris une autre, que mon mari aime beaucoup, parce qu'il eſt perſuadé qu'il la verra un jour figu-rante dans les ballets, à l'Opéra.

Mad. DE GREVAL.

Eſt-ce qu'elle eſt jolie?

Mad. DE LANCIERES.

Point du tout; elle a de ces phiſionomies que les hommes aiment toujours beaucoup: je crois que je ne la garderai pas.

Mad. DE GREVAL.

A propos; ce petit Marquis de Villemare, que nous croyions tous un Caton, ne s'eſt-il pas mis dans la tête d'enlever une danſeuſe à ſon oncle.

Mad. DE LANCIERES.

Le Préſident?

Mad. DE GREVAL.

Oui; on croit qu'il le déshéritera.

Mad. DE LANCIERES.

J'en ferois fâché pour fa femme; mais, pour lui, il le mériteroit bien, fi cela eft vrai. Ah! voilà du monde; j'avois encore mille chofes à vous dire.

Mad. DE GREVAL.

Ce font les nièces de mon mari.

Mad. DE LANCIERES.

Je m'en fuis. Adieu, ma fœur.

SCÈNE X.

Mme. DE GREVAL, LA MARQUISE, LA COMTESSE, DUVAL.

DUVAL.

MADAME la Comteffe de Lorrainville, Madame la Marquife de Villarcy.

LA MARQUISE.

Ma tante, nous voilà de bonne-heure ; parce que nous ne pourrons pas vous voir ce foir.

Mad. DE GREVAL.

Vous ne fouperez pas ici ?

LA COMTESSE.

Non, vraiment ; nous allons à la campagne, chez le Baron.

Mad. DE GREVAL.

Êtes-vous folles ! quoi, par le tems qu'il fait ?

LA MARQUISE.

C'eft un fouper charmant ! il y aura de la mufique nouvelle, du jeu . . . . . enfin, toutes nos amies y feront ; nous ne pouvons pas y manquer.

Mad. DE GREVAL.

Vous allez donc partir tout de fuite ?

LA COMTESSE.

Oui, après l'Opéra.

Mad.

Mad. DE GREVAL.

Vous n'arriverez jamais.

LA MARQUISE.

On nous a affuré qu'il feroit le plus beau clair de lune du monde, & puis il n'y a pas une lieue.

Mad. DE GREVAL.

Il n'y a pas de bons chemins par la gelée.

LA COMTESSE.

Nous aurons fix chevaux.

Mad. DE GREVAL.

Vous aurez froid.

LA MARQUISE.

Le tems eft radouci; on dit même qu'il dégèle.

Mad. DE GREVAL.

Enfin, tout cela eft de votre âge.

LA COMTESSE.

En vérité, ma tante, vous feriez bien d'y venir; & je fuis fûre que le Baron feroit charmé de vous faire entendre fon Muficien Italien.

O

Mad. DE GREVAL.

Il falloit propofer cela à votre oncle, lui qui croit aimer la mufique.

LA MARQUISE.

Il aime l'Opéra, & non la mufique ; il aime mieux fes chevaux.

LA COMTESSE.

Que je vous dife donc, ma tante ; nous fortons de chez la Vicomteffe : vous favez que c'eft une perfonne très-merveilleufe, qui ne fait cas que de tout ce qui vient d'Angleterre.

Mad. DE GRÉVAL.

Mais, elle parle très-bien anglois.

LA MARQUISE.

Nous l'avions cru jufqu'à préfent, comme vous.

Mad. DE GREVAL.

Eh bien ?

LA COMTESSE.

Comme nous étions là, fon mari eft entré avec un Anglois avec qui il avoit une affaire, difoit-il, de la plus grande conféquence, & cet Anglois ne favoit pas un mot de françois.

Mad. DE GREVAL.

La Vicomteffe aura sûrement très-bien caufé avec lui?

LA COMTESSE.

Point du tout : l'Anglois a parlé un quart-d'heure, & elle n'a jamais répondu que, *very-well.*

Mad. DE GREVAL.

Qui veut dire, fort-bien ?

LA COMTESSE.

Sans doute ; mais avec tous ces *very-well,* le Vicomte ne pouvoit pas favoir un mot de tout ce que cet Anglois avoit à lui dire, & il étoit queftion de chevaux.

Mad. DE GREVAL.

Il devoit être fort impatienté.

LA MARQUISE.

Il comprenoit feulement que fa femme ne favoit pas l'anglois.

Mad. DE GREVAL.

Si le Baron avoit été là, lui qui lui a montré
à le parler.

LA MARQUISE.

C'eſt qu'il eſt arrivé.

Mad. DE GREVAL.

On a donc ſu ce que cet Anglois vouloit dire
au Vicomte ?

LA COMTESSE.

On n'en a pas ſu davantage. L'Anglois a recom-
mencé, & le Baron n'a pu auſſi répondre que
very-well. Le Vicomte étoit furieux, il a emmené
ſon Anglois chez Artur, pour être au fait de ſon
affaire.

Mad. DE GREVAL.

Cela a dû vous paroître bien plaiſant.

LA MARQUISE.

Nous mourions d'envie de rire, & nous ſommes
ſorties avec le Vicomte, pour rire tout à notre
aiſe.

LA COMTESSE.

Allons, allons nous-en.

Mad. DE GREVAL.

Vous verrai-je, demain ?

LA COMTESSE.

Sûrement.

Mad. DE GREVAL.

Je voudrois savoir des nouvelles de votre soirée, & s'il ne vous sera pas arrivé d'accident.

LA COMTESSE.

Si je ne viens pas demain matin, je vous écrirai.

Mad. DE GREVAL.

Oui, & vous ne ferez ni l'un ni l'autre.

LA COMTESSE.

Vous verrez, vous verrez.

SCÈNE XI.

Mᵐᵉ. DE GREVAL, LE VICOMTE, LA VIDAME, DUVAL,

DUVAL.

Madame la Vidame de Beviere & Monſieur le Vicomte de Rezan.

Mad. DE GREVAL.

Quoi, Madame la Vidame, c'eſt bien vous ?

LA VIDAME.

Oui, vraiment ; c'eſt moi-même, & qui vous amène le dégel, encore.

Mad. DE GREVAL.

Le dégel !

LE VICOMTE.

Oui, Madame ; car il pleut à verſe, & je l'avois prédit il y a trois jours.

Mad. DE GREVAL.

Le Vicomte prédit donc toujours, Madame ?

LA VIDAME.

Et très-juste : est-ce qu'il n'avoit pas prédit les quatre cordons bleus.

Mad. DE GREVAL.

Tout le monde disoit qu'il y en auroit six.

LE VICOMTE.

Non, pas moi.

Mad. DE GREVAL.

Vous avez sûrement un génie, Vicomte, qui vous instruit de tout ce qui doit arriver.

LE VICOMTE.

Non, Madame ; je n'ai que des combinaisons, & elles ne me manquent jamais.

Mad. DE GREVAL.

Vous devez être sûr de tout ce que vous entreprenez.

LE VICOMTE.

Mais, pas mal.

LA VIDAME.

Madame, il m'étonne toujours par ses lumières.

O 4

A propos, qu'eſt-ce que c'eſt, que deux jeunes perſonnes qui ſortent d'ici, dans le moment ?

Mad DE GREVAL.

Ce ſont les nièces de mon mari.

LE VICOMTE.

Eh bien, ne vous avois-je pas dit ; c'eſt ſûre-ment quelqu'un de familier dans la maiſon.

LA VIDAME.

Cela eſt vrai, au moins, qu'il me l'avoit dit.

Mad. DE GREVAL.

Devinez un peu où elles vont ſouper, par le tems qu'il fait.

LE VICOMTE.

Au Marais, je parie.

Mad. DE GREVAL.

Non, à la campagne, à une lieue.

LE VICOMTE.

En ce cas, je diſois fort bien, le Marais eſt loin de tout.

LA VIDAME.

Il se tire toujours d'affaires à merveilles!

Mad. DE GREVAL.

Vous vous portez bien, Madame, cet hiver.

LA VIDAME.

C'est le Vicomte qui m'a guérie.

Mad. DE GREVAL.

Comment cela ?

LA VIDAME.

J'étois enrhumée, au point que j'ai cru que j'allois avoir une fluxion de poitrine, & c'étoit tout ce que je redoutois au monde. Il m'a dit, ne craignez rien, ce ne sera qu'un rhume ; à l'instant ma confiance s'est rétablie, j'ai pris du bouillon blanc, & me voilà.

Mad. DE GREVAL.

Cela est admirable! Vicomte, qu'avez-vous prédit sur la maladie du Commandeur ?

LE VICOMTE.

J'ai toujours dit que cela ne feroit rien, & qu'il ne pouvoit pas y avoir de danger.

Mad. DE GREVAL.

Eh bien, il eft mort ce matin.

LE VICOMTE.

Cela peut être : quand on eft fujet à la goutte, elle peut fe joindre inopinément à la maladie du moment, & dans ce cas-là, je prédis toujours qu'on ne peut répondre de rien.

Mad. DE GREVAL.

Savez-vous, par exemple, ce qui arrivera aujourd'hui de la Tragédie nouvelle.

LE VICOMTE.

Je la connois, & j'ai prédi à l'Auteur qu'elle auroit le plus grand fuccès.

DUVAL.

Madame, c'eft un billet de Monfieur l'Abbé Grapier.

Mad. DE GREVAL.

Ah! ce font fûrement des nouvelles de la pièce.

LA VIDAME.

Lifez donc, Madame, je vous prie.

Mad. DE GREVAL, *lifant.*

La Tragédie de notre ami, vient de tomber tout à plat; on n'a jamais voulu paffer le quatrième acte.

LE VICOMTE.

Voilà ce que j'avois dit, fi le quatrième acte paffe, la pièce ira aux nues.

LA VIDAME.

C'eft que le Vicomte a le tact très-fin, fur tout; voilà comme il eft, & tenez, les ballons ne l'ont pas furpris un inftant.

Mad. DE GREVAL.

Il eft donc le feul au monde.

LE VICOMTE.

Permettez que je vous explique ceci.

LA VIDAME.

Ecoutez-le, vous allez voir.

LE VICOMTE.

Voici quel a été mon raisonnement. J'ai dit, puisqu'un ballon est plus léger que la quantité d'air qu'il déplace, il doit se soutenir de lui-même à toutes les hauteurs.

Mad. DE GREVAL.

Vous êtes donc physicien?

LE VICOMTE.

C'est selon : je suis physicien, poëte, peintre, astronome, chimiste, tout ce que l'on veut ; cela m'est égal.

LA VIDAME.

Le voilà bien ; vous devez le reconnoître là, Madame.

Mad. DE GREVAL.

Mais, comment n'êtes-vous pas de toutes les Académies ?

LE VICOMTE.

Parce que je ne l'ai pas voulu.

Mad. DE GREVAL.

Et, par quelles raisons ?

LE VICOMTE.

Cela est facile à comprendre.

LA VIDAME.

Ah ! voyons, voyons ?

LE VICOMTE.

Comme je devine tout, il ne m'a pas été difficile de prévoir que pas un Académicien ne seroit jamais de mon avis, & j'ai dit, ce n'est pas la peine d'entrer dans une Compagnie, pour être toujours contrarié par ses confrères.

LA VIDAME.

Et sur-tout pour un homme de qualité.

LE VICOMTE.

Si j'avois été les assurer que j'avois le talent de tout prédire, ils ne l'auroient peut-être pas voulu croire.

Mad. DE GREVAL.

Oui, cela auroit fort bien pu vous arriver.

LA VIDAME.

Savez-vous, Madame, que dans son voyage de Suisse, il n'a pas ôsé dire un mot.

Mad. DE GREVAL.

Pourquoi cela ?

LA VIDAME.

De crainte d'être pris pour un forcier.

Mad. DE GREVAL.

Mais, les Suiffes font très-éclairés, à préfent.

LE VICOMTE.

Oui, les gens d'un certain ton, qui ont voyagé ou qui ont fervi en France ; mais le peuple eft toujours le même ; j'étois fûr de cela.

LA VIDAME.

C'eft qu'il eft inftruit de tout, le Vicomte, & cela lui fert beaucoup dans fes combinaifons.

LE VICOMTE.

Voilà le fait : les connoiffances acquifes, font la lunette d'approche des événemens.

LA VIDAME.

Eh bien, Madame, vous attendiez-vous à ce qu'il vient de dire. Rien n'eft plus lumineux !

Mᵐᵉ. DE GREVAL, LA VIDAME, LA MARQUISE, LA COMTESSE, LE VICOMTE.

LA MARQUISE.

Eh bien, ma tante, nous voilà.

LA COMTESSE.

Oui, notre voiture a caffé dans la vieille rue du Temple, & nous fommes revenues en fiacre; cela eft délicieux !

LE VICOMTE.

Je vous avois bien dit que ces dames alloient au Marais.

LA MARQUISE.

Quoi, Monfieur vous avoit dit cela !

LA VIDAME.

Ah! Monfieur, nous vous en prions, dites-nous notre bonne aventure.

LE VICOMTE.

Cela n'est pas difficile, il ne sauroit vous en arriver d'autres.

LA VIDAME.

Voyez, Mesdames, comme il est galant, le Vicomte !

LA MARQUISE.

Mais, Monsieur, comment peut-on deviner la bonne aventure ? Je ne comprends pas cela. Vous servez-vous de cartes ?

Mad. DE GREVAL.

Non, Madame.

LA COMTESSE.

Je ne croyois pas qu'il y eut encore des sorciers ; mais, ma sœur, il me semble que l'Abbé nous avoit dit qu'il n'y avoit jamais eu de sorciers, ni de revenans.

LA MARQUISE.

Sûrement ; voilà pourquoi je ne comprends rien à ce talent-là, & il me semble que prédire ou deviner ce qui arrivera, c'est la même chose.

LE

LE VICOMTE.

Oui, sans doute, & ce talent, comme vous l'appellez, est une science; c'est l'astrologie judiciaire, Madame.

LA COMTESSE.

Cela pourroit bien être.

LA MARQUISE.

Comment ne fait-on pas des cours d'astrologie? Cela seroit fort agréable à savoir.

LA COMTESSE.

Oui; pour jouer, par exemple; on éviteroit les jours malheureux.

LA MARQUISE.

Et l'on profiteroit de ceux qui ne le sont pas.

Mad. DE GREVAL.

Ce seroit jouer à coup sûr.

LA COMTESSE.

On ne perdroit pas son argent.

P

Mad. DE GREVAL.

Ce feroit friponner : voudriez-vous feulement en avoir la réputation ?

LA MARQUISE.

Fi donc ! cela fait horreur ! Si vous faviez l'averfion que j'ai pour des perfonnes que l'on m'a prouvé qui friponnoient au jeu... Je ne peux pas feulement les regarder.

LA COMTESSE.

Moi, je ne conçois pas comment elles ofent fe montrer avec cette réputation.

Mad. DE GREVAL.

Voilà pourtant celle que vous auriez avec vos jours heureux ; car on fait tout.

LA MARQUISE.

Et quand on ne le fauroit pas. Allons, je ne veux pas feulement penfer à l'aftrologie judiciaire.

d. DE GREVAL.

S'il y a des gens qui devinent comme le Vicomte, par exemple, c'eft une fuite de l'expérience. Je devine auffi, moi, quelquefois.

LA COMTESSE.

Vous, ma tante ?

Mad. DE GREVAL.

J'entends un carrosse.

LA MARQUISE.

Vous allez nous dire qui c'est qui va arriver ?

Mad. DE GREVAL.

Sûrement.

LA COMTESSE.

Eh bien, dites donc promptement.

Mad. DE GREVAL.

Il faut que je rêve. — Ah ! c'est le Commandeur de Ralzac.

LA MARQUISE.

Mais, comment faites-vous pour cela ?

Mad. DE GREVAL.

Je l'entends marcher.

SCÈNE XIII.

Mᵐᵉ. DE GREVAL, LA COMTESSE,
LA MARQUISE, LA VIDAME,
LE COMMANDEUR, LE VICOMTE,
DUVAL.

DUVAL.

Monsieur le Commandeur de Ralzac.

Mad. DE GREVAL.

Je devine encore, que le tems qu'il fait, lui donne une humeur épouvantable.

LE COMMANDEUR.

Ma foi, Mesdames, c'est au péril de sa vie, au moins, que l'on sort ce soir. Une partie de la glace est dégelée, l'autre est comme des roches; on ne va qu'en cahotant, & j'ai cru verser vingt fois pour arriver de l'Opéra jusqu'ici. Les chevaux vont avoir bien des javars. Je ne crois pas que je sorte demain.

LA MARQUISE.

Pour moi, j'aimerois mieux sortir à pied, que de rester chez moi toute la journée.

LA COMTESSE.

Et moi auſſi.

LE COMMANDEUR.

Mais à pied, il ſera impoſſible, les rues ſeront une mer; il faudra du tems pour faire écouler tout cela.

LA MARQUISE.

Monſieur le Commandeur, vous êtes déſeſpé-rant !

LE COMMANDEUR.

Meſdames, vous ne ſerez pas ſeules, ſi vous le voulez; vous êtes bien ſûres qu'on ira vous chercher chez vous.

LA COMTESSE.

Oui, & qui cela? des ennuyeux. On voit bien un autre monde au Spectacle, dans ſa loge, que celui qu'on reçoit chez ſoi.

Mad. DE GREVAL.

C'eſt là ce qui fait que dans les petites loges on y fait un bruit qui importune tous les voiſins.

LA VIDAME.

Voilà ce qui m'arrive tous les jours. J'ai à côté

P 3

de ma loge de jeunes Dames, qui m'empêchent d'entendre un mot du Spectacle. J'ai changé six fois de loge, & c'est toujours la même chose : & puis des chapeaux d'une grandeur ! qui vous empêchent de rien voir. En vérité, cela est très-incommode.

LA MARQUISE.

Mais, Madame, c'est le privilége des petites loges, on y fait ce qu'on veut ; vous en pouvez faire autant.

LA VIDAME.

Je m'en garderai bien, je fais trop les égards qu'on se doit les uns aux autres.

LA COMTESSE.

Oui, dans la société ; mais on n'a une petite loge que pour y arriver à l'heure que l'on veut, que pour y recevoir ses amis, ses connoissances, & pour n'être pas en représentation.

LE VICOMTE.

Il est vrai, qu'à présent on va se cacher dans tous les lieux publics ; mais moi, j'ai cela de particulier, je devine toujours tout le monde ; mais je suis discret & je ne nomme personne qu'à l'oreille.

LA MARQUISE.

Je ne conçois pas ce qu'on pouvoit faire autrefois, quand on étoit dans ce qu'on appelloit une grande loge.

LE COMMANDEUR.

On y écoutoit le Spectacle, Madame.

LA COMTESSE.

Comme des gens de Province.

LA MARQUISE.

Ou des Marchands de la rue Saint-Denis.

LA COMTESSE.

Cela étoit fort noble !

LA MARQUISE.

On ne savoit pas où étoient toutes les femmes qu'on vouloit voir.

LA COMTESSE.

Comme elles étoient coëffées !

LA MARQUISE.

Quels étoient les hommes qu'elles voyoient ?

LA COMTESSE.

Ceux qu'il falloit recevoir de préférence ?

LA MARQUISE.

Enfin, on n'étoit au fait de rien.

LA COMTESSE.

Cela devoit être à périr d'ennui !

LE COMMANDEUR.

Quoi ! Mesdames, ce n'est donc que pour cela que vous avez des petites loges ?

LA COMTESSE.

Vous conviendrez bien, que c'est le moyen de voir beaucoup de monde.

LE COMMANDEUR.

Et nullement le spectacle.

LA MARQUISE.

On le voit toujours assez, sur-tout quand on y va tous les jours.

LE COMMANDEUR.

On le voit d'une jolie manière ; mais cela n'y

fait rien, on n'en juge pas moins les Ouvrages nouveaux.

LA COMTESSE.

Mais, à l'Opéra, ils sont toujours bon.

LE COMMANDEUR.

Oui, quand on ne les écoutent pas plus que vous ne faites.

LA MARQUISE.

Vous verrez que je ne regarde pas avec la plus grande attention, Mademoiselle Guimard ; comme elle est mise, comme elle danse.

SCÈNE DERNIÈRE.

Mᴹᴱ. DE GREVAL, LA VIDAME,
LA MARQUISE, LA COMTESSE,
M. DE GREVAL, LE VICOMTE,
LE COMMANDEUR.

M. DE GREVAL.

Aʜ! ah! Mesdames, vous voilà ici! Comment
n'êtes-vous pas chez le Baron? Madame la Vidame, Messieurs, voulez-vous bien.....

LA COMTESSE.

Mon oncle, c'est que notre voiture a cassée.

M. DE GREVAL.

Dans la vieille rue du Temple?

LA MARQUISE.

Oui; comment savez-vous cela?

M. DE GREVAL.

Oh! je sais aussi que vous êtes montées dans un

fiacre, au lieu d'envoyer chercher une voiture
chez vous, ce qui auroit été beaucoup plus con-
venable, & fur-tout plus décent.

LA COMTESSE.

Il eſt vrai ; mais cela nous a paru plaiſant.

LA MARQUISE.

Qui a donc pu ſi bien vous inſtruire ?

M. DE GREVAL.

Le Marquis de Saribourg, qui a vu tout cela
à la lueur de vos flambeaux, & qui le contoit à
tout le monde, au foyer de l'Opéra.

LA MARQUISE.

Et où étoit-il, quand il nous a vu ?

M. DE GREVAL.

Dans ſa voiture.

LA COMTESSE.

Il auroit bien pu nous l'offrir.

M. DE GREVAL.

Il y a bien penſé, & il a même dit, que ſi cela

étoit arrivé à d'autres femmes que vous, il n'y auroit pas manqué.

LA MARQUISE.

Comment donc ?

M. DE GREVAL.

Attendez. On lui a demandé pourquoi ; (il ne me voyoit pas) il a répondu, que les jeunes femmes d'à-préfent ne font pas affez honnêtes pour qu'on cherche à les prévenir en rien. C'eft pourtant un homme de mérite qui a tenu ce propos, & il m'a fâché, à caufe de vous.

LA COMTESSE.

Vous conviendrez bien qu'il a une figure.....

M. DE GREVAL.

Une figure, un maintien, un ton.... Tout cela n'empêche pas d'être honnête ; les dédaigneufes font déteftées du public, fouvenez-vous de cela, & qu'il n'y a pas de ridicules qu'on ne fe plaife à leur donner.

LA MARQUISE.

Mais, en vérité, on ne peut pas non plus fêter tout le monde.

M. DE GREVAL.

Fêter, ou avoir l'air de mépris, font deux ex-
trêmes. Quand j'avois une charge à la Cour, fi
vous faviez tous les propos que j'entendois tenir,
tous les jours, fur les femmes qui paffoient dans
l'Œil-de-Bœuf, je vous réponds qu'il y avoit bien
de quoi les humilier, quand elles n'étoient pas honnêtes, & elles ne pouvoient pas les ignorer, on
parloit tout haut. Celles qui faifoient feulement la
révérence à droite & à gauche, même timide-
ment, plaifoient à tout le monde, & l'on étoit
enchanté des graces qu'elles pouvoient obtenir :
mais celles pour qui on fe rangeoit aux portes des
appartemens, & qui paffoient dédaigneufement &
fans faire la moindre honnêteté, on étoit comblé
d'aife quand il leur arrivoit quelque malheur.

LA COMTESSE.

Je crois que nous ne fommes pas comme cela.

M. DE GREVAL.

Demandez à Madame la Vidame, & à ces Meffieurs, fi ce que je viens de vous dire là n'eft pas
vrai.

Mad. DE GREVAL.

Voilà du monde qui arrive, nous ferions bien
de paffer dans le Sallon.

LA VIDAME, *au Vicomte & au Commandeur.*

Meſſieurs, je ne puis pas m'empêcher de trouver que Monſieur de Greval, vient de leur donner là une bonne leçon.

LA MARQUISE.

Ma ſœur, il faut ſavoir ſi nos chevaux ſont arrivés ?

LA COMTESSE.

Sûrement, ils doivent l'être.

M. DE GREVAL.

Comment, eſt-ce que vous ne ſoupez pas ici ?

LA MARQUISE.

Je vous demande pardon ; mais c'eſt que nous allons nous habiller.

M. DE GREVAL.

Ah ! oui, oui, vous avez raiſon ; j'oubliois qu'il ne faut arriver où l'on ſoupe, que lorſqu'on eſt prêt à ſe mettre à table. Convenez que vous allez bien faire au moins deux ou trois viſites avant de revenir.

LA COMTESSE.

Non, nous n'irons qu'un moment chez Made-

moifelle Bertin, pour voir des chapeaux nouveaux
qu'elle a inventés.

M. DE GREVAL.

Ah ! fort bien.

LA MARQUISE.

Vous venez de nous gronder un peu vivement,
au moins, mon oncle.

M. DE GREVAL.

C'eſt que j'ai bien peur que vous ne deveniez de
mauvaiſes têtes. Allons, allez vous-en.

LA COMTESSE.

Nous ne ferons pas long-tems.

(Elles l'embraffent.)

Fin de la troifième Journée.

CONVERSATIONS

DES

GENS DU MONDE,

DANS TOUS LES TEMS

DE L'ANNÉE.

AVERTISSEMENT.

L'ON se croit obligé de prévenir ceux qui liront cet Ouvrage, qu'ils n'y trouveront rien de neuf, & qu'on n'y a recueilli que ce qu'on entend dire tous les jours : le but de l'Auteur n'est donc pas d'instruire ; mais, au contraire, d'apprendre aux Etrangers à parler sans rien dire.

CONVERSATIONS

DES

GENS DU MONDE,

DANS TOUS LES TEMS DE L'ANNEE,

L'HIVER.

TOME PREMIER.

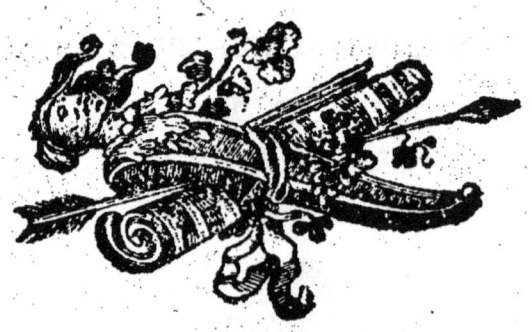

A PARIS;

A l'Imprimerie POLYTYPE, Rue Favart,
Et chez les Marchands de Nouveautés.

1786.

AVIS AU PUBLIC.

CONVERSATIONS des Gens du monde, dans tous les Tems de l'Année.

Ouvrage nouveau, composé de Drames, appelés Journées; il y en aura six par Saison.

L'HIVER.

Les Visites du Jour de l'An,	Ier. Journée.
La Promotion,	II^{éme}.
Le Dégel,	III^{éme}.
Le Bal,	IVeme.
Le Carême,	Veme.
La Partie de Longchamps,	VIeme.

LE PRINTEMS.

La Vacance des Spectacles,	Iere. Journée.
La Rentrée de l'Opéra,	IIeme.
La Rosiere,	IIIeme.
Les Orangers,	IVeme.
La Promenade des Tuileries,	Veme.
La Maison des Boulevards,	VIeme.

L'ÉTÉ.

La Nouvelle des Tuileries,	Iere. Journée.
Le Désœuvrement de l'Été,	IIeme.

La Vanité Bourgeoise,   III^{ems}.
Le Pavillon du Rempart,   IVeme.
L'Entre-Chien & Loup,   Veme.
Les Nouveaux Venus,   VIeme.

L'AUTOMNE.

Le Moment de la Promenade,   Iere. Journée.
Le Répertoire inutile,   IIeme.
Le Grand Chemin,   IIIeme.
La Saint Hubert,   IVeme.
Le Départ de la Campagne,   Veme.
Le Retour à Paris,   VIeme.

Il paroîtra deux Cahiers ou Soirées, par mois, une tous les quinze jours ; chaque volume sera composé de six cahiers : le tout formera, par conséquent, quatre volumes dans un an.

Le prix de chaque cahier, pris séparément, est de 24 sols.

On les trouve & on peut se faire inscrire, A PARIS,

A L'IMPRIMERIE POLYTYPE, rue Favart, lettre K.

Chez { ROYEZ, Libraire, quai des Augustins.
BUISSON, Libraire, rue des Poitevins, hôtel de Mesgrigny.
HARDOUIN & GATTEY, au Palais-Royal.
LESCLAPART, rue du Roule.

Et chez les Marchands de Nouveautés.

LE BAL.

QUATRIÈME JOURNÉE.

PERSONNAGES.

Mᵐᵉ. DE SOURDEIL.

Mᵐᵉ. DE VALERI.

L'ABBÉ LORAUX.

LA COMTESSE DE ROSEVAL.

LE PRÉSIDENT.

LE COMMANDEUR.

LA PRÉSIDENTE DE TREMIERES.

Mᵐᵉ. DE BELLEFORIERE.

LE BRUN, Valet-de-Chambre de Mᵐᵉ. DE SOURDEIL.

La Scène est chez Madame de Sourdeil.

LE BAL.

QUATRIÈME JOURNÉE

SCÈNE PREMIÈRE

Mme. DE SOURDEIL, Mme. DE VALERI.

Mad. DE SOURDEIL.

Ah! cela est bien honnête à vous, de venir comme cela, après toutes vos fatigues, Madame ! Allons, mettez-vous là.

Mad. DE VALERI.

J'ai été bien long-tems sans vous voir, au moins.

Mad. DE SOURDEIL.

Au milieu de tous vos mariages, je n'aurois jamais pu espérer d'arriver jusqu'à vous.

Q 2

Mad. DE VALERI.

M'en voilà débarrassée, heureusement.

Mad. DE SOURDEIL.

Cela a dû être bien triste pour vous, tous ces gens-là.

Mad. DE VALERI.

Oh! mais, c'est que toutes ces femmes-là sont des vertus!.... Je voudrois que vous eussiez entendu tous leurs propos.

Mad. DE SOURDEIL.

Cela devoit être excédant!

Mad. DE VALERI.

N'en parlons plus, je vous prie.

Mad. DE SOURDEIL.

Madame, avez-vous jamais vu un hiver si humide que celui-ci?

Mad. DE VALERI.

Il est vrai que c'est un tems bien mal sain.

Mad. DE SOURDEIL.

Pour moi, je suis dans un état affreux !

Mad. DE VALERI.

On m'avoit dit que je serois quitte de mes nerfs
cette année, & je suis pis que jamais.

Mad. DE SOURDEIL.

J'ai changé de Médecin depuis trois mois ; & je
n'y ai rien gagné.

Mad. DE VALERI.

Je garde le mien ; parce que c'est un homme
essentiel, qui a de l'esprit, qui voit bien, & qui
m'est fort attaché, je dis, on ne peut pas davantage.

Mad. DE SOURDEIL.

Que vous ordonne-t'il ?

Mad. DE VALERI.

De l'exercice, pas autre chose.

Mad. DE SOURDEIL.

Mais, comment faites vous pour sortir de ce
tems-là ?

Mad. DE VALERI.

Je vais beaucoup aux Spectacles, & je mene ma
belle-fille à tous les Bals.

Q 3

Mad. DE SOURDEIL.

Cela doit vous fatiguer beaucoup. Moi, je n'ai
pas de belle-fille; je ne vais seulement qu'au Spectacle; mais la chaleur, le froid, tout cela me fait
mal.

Mad. DE VALERI.

Je croyois que je ne pourrois pas supporter toutes
ces fatigues; mais quand on est mère, quand on
aime son fils, vous sentez bien.....

Mad. DE SOURDEIL.

Je suis comme vous, quoique je n'aie pas de
belle-fille; mais je suis sans cesse occupée de mon
fils.

Mad. DE VALERI.

Vous ne le suivez pas?

Mad. DE SOURDEIL.

Non; mais je sais qu'on le fatigue horriblement.

Mad. DE VALERI.

Comment donc? Il ne faut pas le souffrir!

Mad. DE SOURDEIL.

Cela est bien aisé à dire. Il est dans les Gardes
Françoises.

Mad. DE VALERI.

Quoi, déjà ?

Mad. DE SOURDEIL.

Oui, vraiment, & il y a des exercices tous les jours.

Mad. DE VALERI.

Comment, quand il pleut comme aujourd'hui ?

Mad. DE SOURDEIL.

Cela ne fait rien au Maréchal.

Mad. DE VALERI.

Cela lui est bien aifé à ordonner.

Mad. DE SOURDEIL.

C'eſt qu'il y va lui-même.

Mad. DE VALERI.

Par la gelée, la pluie, le vent, le ſoleil ?

Mad. DE SOURDEIL.

Oui, vraiment.

Mad. DE VALERI.

En ce cas là, à votre place, j'aurois mis mon fils dans la Robe, vous y avez tous vos parens.

Q 4

Mad. DE SOURDEIL.

Il eſt vrai; mais je n'ai pas oſé le lui propoſer.

Mad. DE VALERI.

Son père auroit bien pu……..

Mad. DE SOURDEIL.

Vous ſavez qu'il eſt philoſophe lui, & qu'il ne ſe mêle de rien.

Mad. DE VALERI.

Oui; voilà comme ſont ces Meſſieurs, à préſent.

Mad. DE SOURDEIL.

Ils ont des amuſemens particuliers, & pour que nous ne les leur reprochions pas, ils nous laiſſent décider de ce qui nous plaît.

Mad. DE VALERI.

Vous auriez été la maîtreſſe de faire de votre fils ce que vous auriez voulu, un Maître des Requêtes, par exemple, cela mène à tout.

Mad. DE SOURDEIL.

Vous dites fort bien; mais il aime beaucoup les chevaux.

Mad. DE VALERI.

Cela ne vous auroit pas empêché de lui en donner ; il les auroit menés, montés, troqués, comme font tous les jeunes gens.

Mad. DE SOURDEIL.

De plus, il est excellent violon, à ce que disent tous ses amis les amateurs.

Mad. DE VALERI.

Tant mieux ; il faut bien pouvoir se distraire, quand on est chargé des affaires de tout le monde, ou de celles de l'État.

Mad. DE SOURDEIL.

Vous avez raison, je n'avois pas pensé à tout cela. On est bien malheureuse, quand on est mère, & qu'on aime ses enfans !

Mad. DE VALERI.

Moi, j'ai marié mon fils de bonne-heure.

Mad. DE SOURDEIL.

Et vous avez bien fait.

Mad. DE VALERI.

Elle est charmante, ma belle-fille, & je l'aime de tout mon cœur.

Mad. DE SOURDEIL.

Oui, elle est fort bien. A-t'elle confiance en vous?

Mad. DE VALERI.

Mais, jusqu'à présent, elle en a eue assez.

Mad. DE SOURDEIL.

Est-ce qu'elle changeroit de façon de penser?

Mad. DE VALERI.

Entre nous, elle n'a pas beaucoup à se louer
de mon fils ; il ne l'aime pas.

Mad. DE SOURDEIL.

Il ne l'aime pas ! elle est pourtant fort jolie?

Mad. DE VALERI.

Et elle se met d'un goût ! d'une perfection ! . . .

Mad. DE SOURDEIL.

On ne conçoit pas les hommes actuellement ;
que leur faut-il donc ?

Mad DE VALERI.

Pardonnez-moi, je conçois tout cela, moi,
L'Opéra dérange toutes les têtes.

Mad. DE SOURDEIL.

Quoi, la nouvelle musique?

Mad. DE VALERI.

Non, ce sont les Danseuses.

Mad. DE SOURDEIL.

Vous le croyez?

Mad. DE VALERI.

Rien n'est plus vrai; il est charmant mon fils;
elles en rafollent toutes.

Mad. DE SOURDEIL.

Il me semble qu'il n'a pas beaucoup d'esprit.

Mad. DE VALERI.

Il n'a pas le sens commun; mais il a de la gaieté,
il les fait rire. Il fait connoissance avec elles le soir,
& il va les voir toute la matinée le lendemain.

Mad. DE SOURDEIL.

C'est donc là ce qui fait sortir tous les jeunes
gens de si bonne-heure, à pied ou en cabriolet, &
ce qui les fait rentrer si tard pour dîner.

Mad. DE VALERI.

C'eſt cela même. Vous ſentez bien qu'une jeune femme qui n'a pas le ton de ces filles-là, ne peut guères garder ſon mari.

Mad. DE SOURDEIL.

Je n... diſconviens pas, il faut être juſte.

Mad. DE VALERI.

Dans les commencemens, elle s'en plaignoit à moi avec confiance, je lui ai fait faire toutes ſortes de Cours pour la diſtraire, & cela ne faiſoit que l'ennuyer encore davantage.

Mad. DE SOURDEIL.

La pauvre petite ! ſa ſituation m'attendrit.

Mad. DE VALERI.

Bon ! elle ne ſe plaint plus, elle ne me dit plus rien. Il eſt vrai qu'elle a fait connoiſſance avec pluſieurs jeunes femmes, avec qui elle eſt liée très-intimement.

Mad. DE SOURDEIL.

N'a-t'elle pas eu un enfant ?

Mad. DE VALERI.

Oui.

Mad. DE SOURDEIL.

Eh bien, pourquoi ne lui pas donner sa liberté?

Mad. DE VALERI.

Pourquoi? Cela est singulier! je n'y avois pas encore pensé. J'ai envie de ne m'en plus mêler.

Mad. DE SOURDEIL.

Ce n'est plus votre affaire; il faut vous repo-ser, songer à votre santé.

Mad. DE VALERI.

Oui, oui, & puis toute cette jeunesse-là ne me va pas, ce sera un prétexte; je le dirai à mon fils.

Mad. DE SOURDEIL.

Il faut vivre pour soi.

Mad. DE VALERI.

J'ai envie de leur conseiller de prendre leur maison.

Mad. DE SOURDEIL.

Sont-ils assez riches pour cela?

Mad. DE VALERI.

Mais, oui ; & puis ils feront comme tout le monde, & je serai libre.

Mad. DE SOURDEIL.

Vous n'avez, je crois, que trente-deux ans ?

Mad. DE VALERI.

Je ne les ai pas encore.

Mad. DE SOURDEIL.

Moi, je ne les aurai que dans trois mois. A propos, comment êtes-vous avec le Chevalier ?

Mad. DE VALERI.

Fort bien ; je lui passe quelques petites légèretés.

Mad. DE SOURDEIL.

Le Baron commence à m'ennuyer un peu.

Mad. DE VALERI.

Il me vient une idée.

Mad. DE SOURDEIL.

Qu'est-ce que c'est ?

Mad. DE VALERI.

J'entends quelqu'un, je crois, je vous dirai cela une autre fois.

SCÈNE II.

Mme. DE SOURDEIL, Mme. DE VALERI; L'ABBÉ, LE BRUN.

LE BRUN.

MONSIEUR l'Abbé Loraux.

Mad. DE SOURDEIL.

Ah! l'Abbé, vous êtes charmant!

Mad. DE VALERI.

Il vous apporte des fleurs.

Mad. DE SOURDEIL.

Elles sont de sa serre chaude, je le parie.

L'ABBÉ.

Oui, Madame.

Mad. DE VALERI.

Cela est très-agréable, d'avoir comme cela des fleurs dans ce téms-ci.

L'ABBÉ.

Madame, si j'avois pu prévoir que j'aurois le bonheur de vous trouver ici, je vous en aurois aussi apporté.

Mad. DE SOURDEIL.

Regardez, Madame, pour la saison, comme ces fleurs sont belles !

Mad. DE VALERI.

Elles sont presque aussi fraîches que les fleurs artificielles que l'on fait à-présent.

Mad. DE SOURDEIL.

Cela est vrai, au moins.

Mad. DE VALERI.

Monsieur l'Abbé, comment faites-vous donc pour en avoir de si belles ?

L'ABBÉ.

Madame, c'est que je m'entends un peu en agriculture.

Mad.

Mad. DE SOURDEIL.

Acceptez ces fleurs, Madame; l'Abbé me permettra bien de vous les offrir.

L'ABBÉ.

Sûrement.

Mad. DE VALERI.

Oh! mais cela seroit ridicule à moi, & je ne pourrai jamais.

Mad. DE SOURDEIL.

Allons donc, quelle enfance! l'Abbé m'en donnera d'autres.

L'ABBÉ.

Pour cela, tant que vous en voudrez.

Mad. DE VALERI.

Monsieur l'Abbé, comment faites-vous pour garantir vos fleurs d'une pluie, comme celle qu'il fait depuis ce matin?

L'ABBÉ.

Cela est fort aisé, Madame; dans une serre-chaude, il ne pleut jamais.

R

Mad. DE VALERI.

Ah! oui, cela eſt vrai ; j'oublioi̇s.....

L'ABBÉ.

Meſdames, je vous trouve bien à propos en-
ſemble ; j'ai une conſultation à vous faire.

Mad. DE SOURDEIL.

Voyons , voyons , l'Abbé.

L'ABBÉ.

Ceci eſt de conſéquence, voici le fait. J'ai une
nièce chez moi, qui a dix ans ; elle a déjà été
cette année à pluſieurs bals ; mais pour qu'elle ſoit
priée encore à beaucoup d'autres , ma belle-ſœur
prétend qu'il faut que j'en donne un.

Mad. DE VALERI.

Elle a raiſon ; cela eſt dans l'ordre.

L'ABBÉ,

Qu'un Abbé donne un bal ?

Mad. DE SOURDEIL.

C'eſt Madame votre belle-ſœur qui fera ſenſée
le donner.

L'ABBÉ.

On fait que ma belle-sœur est chez moi, que c'est moi qui tient la maison, & par conséquent on dira vrai, en disant que c'est moi qui donne le bal.

Mad. DE VALERI.

Qu'est-ce que cela fait ? Pourvu qu'on danse, on le trouvera toujours très-bon.

L'ABBÉ.

Ce ne font pas les Danseurs que je crains.

Mad. DE SOURDEIL.

Il faut prier au nom de votre belle-sœur.

L'ABBÉ.

Vous le croyez ?

Mad. DE VALERI.

Cela ne souffrira pas de difficulté ; d'ailleurs, vous ne demandez pas de bénéfice ?

L'ABBÉ.

Si j'en pouvois avoir un bon, encore.....

Mad. DE SOURDEIL.

Donneriez-vous plus de bals dans un hiver ?

R 2

L'Abbé.

Vous voyez bien que vous établissez déja la plaisanterie.

Mad. DE SOURDEIL.

C'est entre nous.

Mad. DE VALERI.

Il faudra que vous fassiez prier ma belle-fille,
Monsieur l'Abbé, & puis plusieurs de ses amies,
dont je vous enverrai les noms.

L'Abbé.

C'est à ma belle-sœur qu'il faudra les envoyer.

Mad. DE VALERI.

Sans doute.

L'Abbé.

Je ferai prier Monsieur votre Fils, Madame de
Sourdeil.

Mad. DE SOURDEIL.

Je vous suis obligé, il ne danse plus.

L'Abbé.

Comment, à son âge ?

Mad. DE SOURDEIL.

Ce n'eſt plus un enfant.

L'ABBÉ.

Depuis quand ?

Mad. DE SOURDEIL.

Depuis qu'il eſt au Service.

L'ABBÉ.

Et depuis quand donc y eſt-il ?

Mad. DE SOURDEIL.

Depuis avant-hier.

L'ABBÉ.

Ah! je ne ſavois pas cela.

Mad. DE VALERI.

Monſieur l'Abbé, je m'en vais bien réjouir ma belle-fille, en lui diſant que vous la ferez prier au bal.

Mad. DE SOURDEIL.

Eſt-ce que vous vous en allez déjà ?

R 3

Mad. DE VALERI.

Oui, vraiment, j'en suis furieuse; mai je vous reverrai.

Mad. DE SOURDEIL.

Bientôt ?

Mad. DE VALERI.

Oui, oui.

SCÈNE III.

Mme. DE SOURDEIL, L'ABBÉ.

Mad. DE SOURDEIL.

ÉCOUTEZ donc, l'Abbé ; elle vient de me dire qu'elle n'a pas trente-deux ans.

L'ABBÉ.

Cela est un peu fort ! Elle n'auroit pas dit cela devant moi.

Mad. DE SOURDEIL.

Quel âge lui donniez-vous, à peu près ?

L'ABBÉ.

Le vôtre.

Mad. DE SOURDEIL.

Je vous suis obligé.

L'ABBÉ.

Mais, sa mère & la vôtre sont accouchées en même-tems, je les voyois tous les jours ; j'étois fort ami de l'une & de l'autre, & j'étois le seul homme qui entroit chez elles pendant qu'elles gardoient leurs lits.

Mad. DE SOURDEIL.

Vous confondez ; c'étoit mon frère, qui est mort en Amérique, qui étoit de l'âge de Madame de Valeri.

L'ABBÉ.

Il étoit votre cadet, & je puis vous expliquer cela.

Mad. DE SOURDEIL.

Non, non, expliquez-moi plutôt comment le talent, le goût & tous les soins qu'il faut se donner pour faire éclore des fleurs, en hiver, vous sont venus ; car cela est le plus agréable du monde.

R 4

L'ABBÉ.

C'étoit mon amufement au Séminaire, de voir travailler le Jardinier, fur-tout dans notre maifon de campagne, à Iffy.

Mad. DE SOURDEIL.

Vous aviez une maifon de campagne, au Séminaire?

L'ABBÉ.

Oui, Madame; c'eft-à-dire, elle étoit à la Communauté. Le Jardinier étoit un garçon Hollandois, que j'aimois beaucoup, & que j'ai pris à moi, quand j'ai eu mon Abbaye.

Mad. DE SOURDEIL.

N'eft-ce pas Monfieur Etienne?

L'ABBÉ.

C'eft lui-même, dont j'ai par la fuite fait mon Maître-d'Hôtel. Nous n'avons pas difcontinués de travailler enfemble, & il m'a déterminé à avoir une ferre-chaude à Chaillot; nous y allons tous les matins, & cela me fait faire de l'exercice.

Mad. DE SOURDEIL.

A quelle heure y allez-vous?

L'ABBÉ.

A sept heures dans l'hiver, & à quatre dans l'été.

Mad. DE SOURDEIL.

Je voulois y aller avec vous; mais il faudroit me lever de trop bonne heure.

L'ABBÉ.

Vous n'avez que faire de cette occupation là, vous en avez d'autres.

Mad. DE SOURDEIL.

Il est vrai que je lis beaucoup, que je me renferme, & que souvent on ne me voit que tard dans l'après-dîner.

L'ABBÉ.

Moi, je ne soupe plus, cela me faisoit coucher trop tard.

Mad. DE SOURDEIL.

Et comment faites-vous?

L'ABBÉ.

Je mange un morceau chez moi.

Mad. DE SOURDEIL.

Je parie que vous êtes encore une heure à table ?

L'ABBÉ.

A peu-près, en robe-de-chambre ; & je me couche tout de suite ; voilà ce qui fait que je peux me lever le lendemain de bonne-heure.

Mad. DE SOURDEIL.

Oui, & vous dormez, l'après-dîner, par-tout où vous allez.

L'ABBÉ.

J'en fais semblant.

Mad. DE SOURDEIL.

Vous ronflez, que c'est affreux !

L'ABBÉ.

Fi donc ! jamais. Je ronfle si peu, que j'entends souvent de bonnes choses, qu'on ne diroit pas devant moi, si l'on me croyoit éveillé.

Mad. DE SOURDEIL.

Vous êtes donc méchant, l'Abbé ?

L'ABBÉ.

Non, je m'amuse ; cela ne fait de mal à personne.

Mad. DE SOURDEIL.

Je me défierai de vous.

L'ABBÉ.

Vous n'avez rien à craindre ; je vous suis trop attaché pour cela.

Mad. DE SOURDEIL.

Où voulez-vous donc aller ?

L'ABBÉ.

J'ai des visites à faire.

Mad. DE SOURDEIL.

Attendez encore un moment.

SCÈNE IV.

Mᵐᵉ. DE SOURDEIL, LA COMTESSE, L'ABBÉ, LEBRUN.

LEBRUN.

Madame la Comtesse de Roseval.

L'Abbé.

Je ne la connois pas.

Mad. DE SOURDEIL.

C'est une femme de grande qualité. Je veux que vous restiez.

LA COMTESSE.

Madame, vous devez être bien étonnée de me voir, ayant passé tant de tems sans avoir cet honneur-là.

Mad. DE SOURDEIL.

J'ai été vous chercher plusieurs fois, Madame la Comtesse, & l'on m'a toujours dit que vous étiez à Versailles.

LA COMTESSE.

C'eſt que j'y ſuis très-ſouvent; j'en ſuis revenue ce matin.

Mad. DE SOURDEIL.

Quoi, par ce tems humide-là?

LA COMTESSE.

Oui, vraiment. Imaginez-vous, Madame, que
la pluie n'a pas ceſſée un inſtant, tout le tems que
j'ai été en chemin.

Mad. DE SOURDEIL.

Cela eſt cruel! & nous craignions que l'hiver
ne fut trop ſec.

L'ABBÉ.

Je ne l'ai jamais craint, parce que j'ai remarqué que les grandes gelées étoient toujours
ſuivies de beaucoup de pluies.

LA COMTESSE.

Monſieur eſt phyſicien, à ce que je vois.

Mad. DE SOURDEIL.

Il eſt bien phyſicien; mais il eſt auſſi cultivateur.

LA COMTESSE.

Je croyois que c'étoit la même chose ; car je n'entends rien à tout cela, moi. Je cause cependant quelquefois avec Monsieur Richard, à Trianon.

L'ABBÉ.

C'est un grand Fleuriste, Madame la Comtesse !

LA COMTESSE.

Je le sais bien, il explique tout cela à la Reine à merveilles.

Mad. DE SOURDEIL.

Madame votre fille est sûrement de tous les Bals de Versailles ?

LA COMTESSE.

Il le faut bien ; elle aime la danse. A propos, Madame, comme j'aime à la distraire, parce que je trouve qu'elle est trop appliquée, j'en saisis les occasions ; j'ai appris qu'il y a un Abbé de vos amis qui donnera bientôt un bal.

Mad. DE SOURDEIL.

C'est Monsieur l'Abbé Loraux, que voilà.

L'ABBÉ.

Non, Madame ; c'est ma belle-sœur.

LA COMTESSE.

On m'avoit dit que c'étoit vous, Monsieur l'Abbé ; mais c'est la même chose. J'espère qu'à la considération de Madame de Sourdeil, vous voudrez bien ne pas nous oublier.

L'ABBÉ.

Je m'en vais, à l'instant, vous faire mettre sur la liste, Madame la Comtesse.

LA COMTESSE.

C'est bien honnête à vous, Monsieur l'Abbé : j'aurai l'honneur d'aller chercher Madame votre belle-sœur.

L'ABBÉ.

Il ne faut pas que vous preniez cette peine-là, Madame.

Mad. DE SOURDEIL.

Vous vous en allez, l'Abbé ?

L'ABBÉ.

Oui, Madame.

SCÈNE V.

Mᴹᴱ. DE SOURDEIL, LA COMTESSE.

LA COMTESSE.

Qu'EST-CE que c'est que sa belle-sœur ?

Mad. DE SOURDEIL.

C'est une fille de condition, qui n'avoit rien ; qui a épousé le frère de l'Abbé, qui est mort, & dont elle avoit eu une fille.

LA COMTESSE.

Et quel étoit le père de cette fille ?

Un gros Commerçant de Nantes, qui lui a laissé cinquante mille livres de rente, en terres.

LA COMTESSE.

C'est bien quelque chose ; & ce parti-là conviendroit bien à un neveu que j'ai, dont le père est d'une des premières Maisons du Languedoc : c'est un joli sujet, que j'aime beaucoup, qui a

peu

peu de biens, & qui eft Capitaine de Dragons ;
mais à qui je compte faire avoir inceffamment un
Régiment. Je ne manquerai sûrement pas de le
mener au bal de l'Abbé.

Mad. DE SOURDEIL.

Vous ferez très-bien.

LA COMTESSE.

Quel âge a la petite perfonne ?

Mad. DE SOURDEIL.

Dix ans.

LA COMTESSE.

C'eft bien jeune. Madame, il faudra que vous
nous ménagiez cela auprès de l'Abbé.

Mad. DE SOURDEIL.

Je vous réponds que j'y ferai de mon mieux.
Madame, êtes-vous toujours contente de la santé
de Madame votre fille ?

LA COMTESSE.

Affez, elle fe fortifie ; mais elle ne fe forme
point ; c'eft un terrible inconvénient que le Couvent ! Je vous affure qu'il nuit beaucoup aux pro-
grès de l'éducation.

S

Mad. DE SOURDEIL.

Pas, abfolument, quand on peut y avoir tous les maîtres néceffaires.

LA COMTESSE.

Je ne lui en ai que trop donné ; je n'ai pas penfé à tout, ce que cela produiroit.

Mad. DE SOURDEIL.

Il me femble pourtant que vous avez réuffi ; car elle m'a paru très-bien.

LA COMTESSE.

Elle a de la grace, de l'efprit, du goût.

Mad. DE SOURDEIL.

C'eft beaucoup que tout cela , Madame.

LA COMTESSE.

Sûrement ; parce que cela ne fe donne pas ; mais c'eft de l'ufage du monde qui lui manque.

Mad. DE SOURDEIL.

Elle m'a cependant parue très-attentive ; elle eft prévenante , & de la plus grande politeffe.

LA COMTESSE.

Sans doute ; mais ce font les nuances que je ne peux pas lui mettre dans la tête.

Mad. DE SOURDEIL.

Cela viendra sûrement.

LA COMTESSE.

J'en déſeſpère ; elle a une ſenſibilité qui s'oppoſe à tout ce que j'exige d'elle. Imaginez-vous qu'avant-hier, en ſortant de l'Opéra, en attendant ma voi-ture, j'entretenois le Duc d'Ornoy d'une affaire très-intéreſſante ; lorſque j'eus fini, je me retour-nai, & je trouvai qu'elle cauſoit, devinez avec qui ?

Mad. DE SOURDEIL.

Je ne ſaurois trop vous dire.

LA COMTESSE.

Avec ſon Maître d'Hiſtoire, qui avoit été ma-lade, & elle l'écoutoit avec une attention, dont j'eus toutes les peines du monde à la faire revenir.

Mad. DE SOURDEIL.

C'eſt un homme de mérite, je le connois.

LA COMTESSE.

Voilà ce qu'elle me dit.

Mad. DE SOURDEIL.

Il fera même bientôt de l'Académie.

LA COMTESSE.

Elle feroit capable de vouloir aller à fa réception.

Mad. DE SOURDEIL.

Mais, c'eft aſſez la mode.

LA COMTESSE.

Oui, quand c'eſt un homme de la Cour. Je ne veux pas qu'elle foit fière ; mais il y a un ton à prendre, quand on parle à ces fortes de gens-là ; il ne faut pas les rendre trop familiers.

Mad. DE SOURDEIL.

Il n'y a rien à craindre avec les gens d'eſprit.

LA COMTESSE.

Mais, pardonnez-moi ; il faut tenir les gens qui écrivent, à une certaine diftance de foi : voilà ce que je dis à ma fille. Ils ont fait un traité de l'égalité des conditions, & ils ne la defirent que parce qu'ils auroient bientôt la fupériorité fur nous.

Mad. DE SOURDEIL.

Il eft vrai qu'ils font, au moins, plus inftruits que nous ne le fommes.

LA COMTESSE.

Ma fille me dit auffi qu'il y a beaucoup à profiter avec eux ; mais je ne veux pas qu'elle devienne une favante ; il faut éviter le ridicule, & cela en fera toujours un à la Cour.

Mad. DE SOURDEIL.

On a paru vouloir s'inftruire ; mais tout fe paffe en allées & venues, d'un Cours à l'autre, & il n'en refte rien.

LA COMTESSE.

Par exemple, cela eft à merveilles ! il faut tout effleurer ; mais elle veut tout favoir. Une chofe encore qui me défefpère avec elle ; c'eft lorfqu'elle voit de ces gens qu'on rencontre dans les fociétés, foit des gens de condition de province, ou des gens à talens, qu'on reçoit, mais avec qui on ne vit pas habituellement ; elle s'occupe d'eux, cherche à diffiper leur embarras, s'attendrit en leur faveur, entre en converfation avec eux, &

elle finit toujours par leur trouver un mérite fur-
prenant. Vout conviendrez bien que ce n'eft pas là
le ton que doit avoir une femme de qualité ; elle
n'eft pas faite pour chercher à déterrer le mérite.

Mad. DE SOURDEIL.

Cela prouve la bonté de fon cœur.

LA COMTESSE.

Je ne le fais que trop ! mais quel fruit en retire-
t'on ? On n'eft obfédé que de malheureux, cela
n'eft bon à rien. Voici ce que je lui répète fans
ceffe ; cela n'eft pas long. Il faut avoir la plus
grande attention pour les Gens en place, quand
ils ne feroient que des fots ; prendre le ton au-
deffus de fes égaux ; ils en feront étonnés d'abord,
mais ils finiront par vous céder le pas. Après, dé-
daignez tout le refte, mérite ou non, cela eft égal.

Mad. DE SOURDEIL.

Ce ne font pas là trop les moyens d'être aimé.

LA COMTESSE.

Et de qui eft-on jamais aimé ? On eft envié ;
jaloufé, tant qu'on eft en faveur ; déchiré, mé-
prifé, dès qu'on n'y eft plus ; alors de quelle ref-
fource peuvent être les amis obfcurs ?

Mad. DE SOURDEIL.

Eh bien, elle n'entend rien à tout cela.

LA COMTESSE.

Bon! elle veut me débiter de la morale, à moi!
Vous voyez, Madame, la confiance que j'ai en
vous, & j'espère que vous me garderez le secret sur
les défauts de ma fille. Eh bien, où voulez-vous
donc aller? Je compte que vous songerez à notre
affaire avec l'Abbé; c'est-à-dire que vous ne lui
laisserez pas prendre d'engagement avec personne.

Mad. DE SOURDEIL.

Je vous en réponds.

LA COMTESSE.

Allons, Madame, rentrez donc.

Mad. DE SOURDEIL.

Je veux savoir si vous avez vos Gens.

LA COMTESSE.

Oui, les voilà. Adieu, Madame, ne vous enrhu-
mez pas.

Mad. DE SOURDEIL.

Je vous laisse, puisque vous le voulez.

S 4

SCÈNE VI.

Mᵐᵉ. DE SOURDEIL, LE COMMANDEUR, LE PRÉSIDENT.

LE PRÉSIDENT.

Madame, n'est-il pas vrai que c'est-là Madame la Comtesse de Roseval ?

Mad. DE SOURDEIL.

Sûrement, c'est elle ?

LE PRÉSIDENT.

Le Commandeur ne veux pas le croire.

LE COMMANDEUR.

C'est qu'il me semble qu'elle étoit jolie, quand je suis parti pour aller à Malthe.

LE COMMANDEUR.

Je le crois bien, il y a quinze ans ; mais elle n'en étoit pas plus aimable pour cela.

LE COMMANDEUR.

Roseval, lui, étoit un fort bon garçon.

LE PRÉSIDENT.

Je l'ai fort connu.

LE COMMANDEUR.

Il étoit notre Colonel. La Marquise passa à Verdun, où étoit le Régiment, je ne sais où elle alloit; nous lui fîmes une fête qui nous coûta fort cher.

Mad. DE SOURDEIL.

Et eût-elle le bonheur de lui plaire?

LE COMMANDEUR.

Bon! elle demanda à son mari, si les Lieutenans mangeroient avec elle.

LE PRÉSIDENT.

Réellement?

LE COMMANDEUR.

Vous sentez bien qu'il se mocqua de sa question: elle prétendit qu'elle valoit bien une Intendante, & qu'on lui avoit dit que les Intendantes ne mangeoient pas avec les Lieutenans.

Mad. DE SOURDEIL.

Si les Lieutenans avoient su cela.....

LE COMMANDEUR.

Rofeval fit une très-bonne chofe ; il la mit à table entre deux Lieutenans, qui étoient d'une jolie figure & qui ne manquoient pas d'efprit.

Mad. DE SOURDEIL.

Comment fut-elle ce qu'ils étoient ?

LE COMMANDEUR.

A la fin du repas, il dit à ces deux Lieutenans ; Meffieurs, remerciez Madame, elle vous a apporté des épaulettes, pour quand vous ferez Capitaines.

LE PRÉSIDENT.

Elle dut être furieufe.

LE COMMANDEUR.

Elle enrageoit dans l'ame ; mais elle fu fe contenir.

Mad. DE SOURDEIL.

Elle eût bien mal fait en fe conduifant autrement.

LE COMMANDEUR.

Cependant, nous ne l'avons pas revu depuis ; même à Paris, où nous allions dîner chez Rofeval ; dès qu'elle nous y favoit, elle avoit une migraine toute prête pour ne pas fe mettre à table.

LE PRÉSIDENT.

C'eft une créature cruellement dédaigneufe !

LE COMMANDEUR.

Comment donc la voyez-vous, Madame ?

Mad. DE SOURDEIL.

C'eft la chofe du monde la plus rare ; mais elle vouloit faire prier fa fille d'un bal où elle a cru que j'avois quelque pouvoir, & elle m'eft venu chercher pour cela.

LE COMMANDEUR.

A propos de bal, eft-ce que je n'y ai pas été cette nuit, moi ?

Mad. DE SOURDEIL.

Quoi, vous avez danfé, Commandeur ?

LE COMMANDEUR.

Point du tout ; mais j'ai joué avec les mères au loto, & elles m'ont gagné mon argent,

LE PRÉSIDENT.

Cela leur arrive fouvent, aux mères.

Mad. DE SOURDEIL.

Pourquoi aussi, vous qui ne soupez jamais, allez vous à des soupers dansans ?

LE COMMANDEUR.

Parce qu'on fait toujours à Paris le contraire de ce qu'on projette.

LE PRÉSIDENT.

Rien n'est plus vrai. J'ai juré vingt fois de ne jamais aller au spectacle avec des femmes, eh bien, je suis forcé de les y suivre très-souvent, sur-tout quand il y a une Pièce nouvelle.

LE COMMANDEUR.

Oui, pour completter la loge.

LE PRÉSIDENT.

Et je ne peux y rien voir ; à peine y entends-je, & je m'enrhume, sur-tout par ce tems-ci, à aller chercher leurs Gens & à attendre à la porte que la voiture soit arrivée pour les en avertir.

LE COMMANDEUR.

Et elles n'en disent pas moins que les hommes ne sont plus polis.

Mad. DE SOURDEIL.

Ce font les vieilles qui difent cela.

LE PRÉSIDENT.

Oui; car les jeunes n'en favent rien.

LE COMMANDEUR.

Auffi l'on peut faire ce qu'on veut, fans craindre de les choquer.

Mad. DE SOURDEIL.

Quand elles attendent leur voiture à la porte de
l'Opéra, je vois fouvent des jeunes gens les quitter, pour aller caufer avec une danfeufe; la feule
impatience qu'elles ont de les voir revenir, n'eft
que pour favoir le nom de cette fille.

LE PRÉSIDENT.

Cela ne devroit pas vous furprendre.

Mad. DE SOURDEIL.

Pourquoi donc?

LE PRÉSIDENT.

Parce que c'eft le ton du jour. Tout cela eft
mêlé.

LE COMMANDEUR.

Il eſt méchant, le Préſident, Madame.

LE PRÉSIDENT.

Non ; c'eſt ſans méchanceté, & je le dis ſouvent à ma fille.

Mad. DE SOURDEIL.

Qui s'en mocque, je parie.

LE COMMANDEUR.

Sûrement ; car il la gâte à plaiſir.

SCÈNE VII.

MME. DE SOURDEIL, LE COMMAMDEUR,
LA PRÉSIDENTE, LE PRÉSIDENT.

LEBRUN.

MADAME la Préfidente de Trémieres.

Mad. DE SOURDEIL.

La voici, juftement.

LA PRESIDENTE.

Ah! mon papa ici! Madame, il faut qu'il vous
aime bien, pour fortir par le tems qu'il fait.

Mad. DE SOURDEIL.

Vous ne le craignez pas, vous, Madame, ce
tems-là ?

LA PRESIDENTE.

Non, Madame, & j'ai grand tort; car, fi je
l'avois craint, il ne me feroit pas arrivé aujour-
d'hui l'aventure du monde la plus défagréable.

Mad. DE SOURDEIL.

Qu'eft-ce que c'eft donc, Madame?

LA PRESIDENTE.

Nous avons fait hier, la Marquife de Grinville & moi, la partie d'aller aux fpectacles de la Foire, & le Chevalier s'étoit chargé de nous y louer une loge; nous arrivons, nous la demandons, on nous dit qu'on ne fait pas ce que c'eft; nous ne favions que devenir, lorfque le Coureur du Chevalier arrive avec une lettre de lui, où il me dit qu'il n'avoit jamais pu avoir de loge, & qu'il s'empreffe de me le mander.

LE PRESIDENT.

Vous avez dû être contente de cet empreffe-ment-là.

Mad. DE SOURDEIL.

Il n'a pas ofé fe montrer, fans doute?

LA PRESIDENTE.

Lui, Madame, Oh! vous ne le connoiffez pas; d'ailleurs, il eft inutile de le gronder; il ne fait qu'en rire.

Mad. DE SOURDEIL.

Je n'aimerai pas trop cette gaieté-là.

LA

LA PRESIDENTE.

Pourquoi donc ? moi je le trouve toujours charmant !

LE PRÉSIDENT.

Et, qu'êtes-vous devenues ?

LA PRÉSIDENTE.

La Marquife vouloit me mener faire une vifité
à fa grand'mère, pour l'empêcher d'être grondée ;
parce qu'elle a été quinze jours fans la voir.

LE PRÉSIDENT.

C'eut été fort bien fait ; vous ne la voyez pas
affez fouvent.

LA PRÉSIDENTE.

Je n'ai pas voulu y aller.

LE PRÉSIDENT.

Pourquoi cela ?

LA PRÉSIDENTE.

Chacun a fes grands-parens ; c'eft bien affez.

LE PRÉSIDENT.

Et quand vous ferez grand'mere ?

T.

LA PRÉSIDENTE

Moi, grand'mère ! Quelle idée ! fi donc ! Ah çà, je m'en vais. Madame, je suis fort aise de vous avoir trouvée. Bon, j'oubliois une chose que vous saurez sûrement.

Mad. DE SOURDEIL.

Quoi donc ?

LA PRÉSIDENTE.

C'est, s'il est vrai que l'Abbé Loraux donne un bal ?

Mad. DE SOURDEIL.

C'est-à-dire, que c'est sa sœur.

LA PRÉSIDENTE.

C'est la même chose. Ce qui me fait desirer d'en être sûre, ce sont mes nièces, que je veux y faire prier.

Mad. DE SOURDEIL.

Vous ferez très-bien.

LE PRÉSIDENT.

Ma fille, vous ne voyez pas que Madame de Sourdeil vous reconduit.

LA PRÉSIDENTE.

Ah! Madame, comment pouvez-vous me traiter comme cela ?

Mad. DE SOURDEIL.

Allons, je n'irai pas plus loin.

SCÈNE VIII.

Mme. DE SOURDEIL, LE PRÉSIDENT, LE COMMANDEUR.

LE PRÉSIDENT.

C'est toujours une bonne tête, comme vous le voyez.

Mad. DE SOURDEIL.

Elle est jeune & fort aimable.

LE PRÉSIDENT.

Je voudrois qu'elle fut un peu moins légère.

LE COMMANDEUR.

Allons, Président, soyez de bonne foi, vous seriez fâché qu'elle fût autrement.

T 2

LE PRÉSIDENT.

Il est vrai qu'elle n'a fait que suivre le ton que lui a donné son mari.

LE COMMANDEUR.

Et qui ne se soucie plus d'elle, à-présent ?

LE PRÉSIDENT.

Mais, à dire vrai, je le crois occupé ailleurs.

Mad. DE SOURDEIL.

Il me semble pourtant qu'il n'a jamais trop eu le goût des Filles.

LE COMMANDEUR.

Bon ! il en est à mille lieues ! C'est une grande passion qui l'occupe.

Mad. DE SOURDEIL.

Ah ! oui, je me rappelle; c'est une femme qui n'est pas de la première jeunesse ?

LE COMMANDEUR.

Non ; mais elle a beaucoup d'esprit ; elle a appris, à ses dépens, comment il faut mener les hommes, & le gendre sera tyrannisé par elle.

Mad. DE SOURDEIL.

Je ne comprends pas qu'il y ait des femmes qui aiment autant à dominer.

LE COMMANDEUR.

C'eſt ſelon les caractères ; celle-ci eſt très-impérieuſe, & puis la ſeule crainte qu'on ne leur échappe.....

Mad. DE SOURDEIL.

Ah ! j'entends ; c'eſt un triſte moyen.

LE PRESIDENT.

Voilà, je crois, quelqu'un qui vous arrive.

Mad. DE SOURDEIL.

C'eſt ſûrement Madame de Belleforiere ; elle m'a fait demander ſi je ſerois chez moi.

LE COMMANDEUR.

N'eſt-ce pas ce qu'on appelle une belle Dame, que j'ai vu entourée de gazes & de crêpes, pour conſerver ſon tein ?

Mad. DE SOURDEIL.

C'eſt cela même.

T E

LE COMMANDEUR.

Il me semble qu'il y a déjà long-tems qu'on lui a donné ce nom-là.

Mad. DE SOURDEIL.

Il est vrai, & l'habitude l'a perpétué.

SCÈNE IX.

Mᵐᵉ. DE SOURDEIL, Mᵐᵉ. DE BELLE-FORIERE, LE COMMANDEUR, LE PRÉSIDENT, LEBRUN.

LEBRUN.

Madame de Belleforiere.

Mad. DE SOURDEIL.

En vérité, belle Dame, c'est bien mal à vous d'être sortie par un tems pareil, j'aurois été vous chercher.

Mad. DE BELLEFORIERE.

Voilà ce que je ne voulois pas, Madame; & puis le tems n'y fait rien, quand il est question de vous voir.

Mad. DE SOURDEIL.

Mettez-vous donc là, Madame, vous fentirez la chaleur du feu, fans le voir, non plus que les lumières.

LE PRÉSIDENT.

Vous avez raifon, Madame de Sourdeil; il faut ménager ces beaux yeux-là.

Mad. DE BELLEFORIERE.

Quoi, vous me reconnoiffez, Monfieur le Préfident ?

LE PRÉSIDENT.

Vous favez bien, qu'on n'oublie jamais une belle Dame comme vous, Madame.

Mad. DE BELLEFORIERE.

Monfieur le Commandeur, il y a bien long-tems que je ne vous ai rencontré.

LE COMMANDEUR.

C'eft que vous ne m'avez pas diftingué dans la foule des Adorateurs qui vous entourent.

Mad. DE BELLEFORIERE.

Il eft galant, Madame, le Commandeur.

Mad. DE SOURDEIL.

Préſident, dites-moi donc, avez-vous jamais vu un teint comme celui de Madame de Belleforiere?

Mad. DE BELLEFORIERE.

Ah! fi donc! ne me regardez pas; je fuis aujourd'hui à faire peur, je n'ai pas dormi de la nuit, & pour furcroit de malheur, Madame du Verbois eſt venue me voir; elle m'a entretenue de la maladie de fa fille, qui fe meurt de la poitrine; tout cela m'a attendri : vous favez comme elle eſt fenfible, elle; nous avons pleuré enfemble, & je dois avoir les yeux battus, que c'eſt affreux!

LE PRÉSIDENT.

Il y reſte bien une impreſſion de fenfibilité.

LE COMMANDEUR.

Oui; mais cela ne paroît pas.

Mad. DE SOURDEIL.

Savez-vous bien que vous êtes mife du meilleur goût!

Mad. DE BELLEFORIERE.

Trouvez-vous?

LE PRÉSIDENT.

Quand on a une taille comme Madame.....

Mad. DE BELLEFORIERE.

Il eſt vrai que depuis quelque tems je maigris à vue d'œil.

Mad. DE SOURDEIL.

Mais point du tout, belle Dame; votre taille a toujours été raviſſante, & vous êtes toujours de la même fraîcheur.

Mad. DE BELLEFORIERE.

Je ne comprends pas cela; car j'éprouve, à chaque inſtant, de nouvelles contrariétés.

Mad. DE SOURDEIL.

Comment donc ! A propos de quoi ?

Mad. DE BELLEFORIERE.

A propos de ce que mon mari devient ſourd; il prétend que c'eſt une fluxion occaſionnée par le tems qu'il fait.

LE COMMANDEUR.

Cela pourroit bien venir de là.

Mad. DE BELLEFORIERE.

Bon! il y a plus d'un mois que cela dure; je crois qu'il n'y a pas de remède : mais ce que je trouve de cruel, c'eſt qu'en lui parlant, tout le monde crie à tue-tête; cela m'agace les nerfs que c'eſt affreux! & ſi je veux lui dire un mot, je m'abîme la poitrine.

LE COMMANDEUR.

Mais il ne faut pas le voir ſouvent.

Mad. DE BELLEFORIERE.

Cela eſt bien aiſé à dire, il ne ſort preſque plus. Vous ſavez bien à qui il étoit attaché depuis long-tems?

LE COMMANDEUR.

Oui.

Mad. DE BELLEFORIERE.

Eh bien, tout cela eſt fini, & il m'eſt retombé ſur les bras.

LE PRÉSIDENT.

Cela n'eſt pas agréable.

Mad. DE BELLEFORIERE.

Non, ſûrement.

LE COMMANDEUR.

Il faut l'engager à lire.

Mad. DE BELLEFORIERE.

C'eſt ce que j'ai fait, & cela m'avoit aſſez bien réuſſi.

LE PRÉSIDENT.

Aime-t'il la lecture?

Mad. DE BELLEFORIERE.

Il dit que oui ; mais il ne peut pas toucher un livre qu'il ne s'endorme ſur le champ.

Mad. DE SOURDEIL.

Cela eſt heureux pour vous.

Mad. DE BELLEFORIERE.

Oui, s'il ne ſe réveilloit pas.

Mad. DE SOURDEIL.

Ah! vous avez raiſon ; je ne penſois pas à cela.

LE PRÉSIDENT.

Et pourquoi ne ſort-il plus ?

Mad. DE BELLEFORIERE.

Il prétend qu'il a la goutte : je vous dis, je fuis la plus malheureufe femme du monde !

LE PRÉSIDENT.

En vérité, une belle Dame comme vous, dont les jours devroient être filés d'or & de foie, n'auroit jamais dû éprouver rien de pareil.

LE COMMANDEUR.

Vous avez une fille, je crois, Madame ?

Mad. DE BELLEFORIERE.

Oui, qui eft au Couvent.

LE PRÉSIDENT.

Il faudroit l'en faire fortir, elle tiendroit compagnie à fon père.

Mad. DE BELLEFORIERE.

Mais, Préfident, c'eft un enfant.

Mad. DE SOURDEIL.

Elle n'a que cinq ans, je crois ?

Mad. DE BELLEFORIERE.

A peu près.

Mad. DE SOURDEIL.

Vous voyez bien qu'elle ne feroit d'aucune ref-
fource.

LE COMMANDEUR.

Attendez donc, Madame ; vous n'avez jamais eu
que cet enfant-là, à ce qu'il me femble ?

Mad. DE BELLEFORIERE.

Non, vraiment ; c'eft bien affez.

LE COMMANDEUR.

Eh bien, Mademoifelle votre fille doit être de
l'âge du fils de Madame.

Mad. DE BELLEFORIERE.

Lequel donc ?

LE COMMANDEUR.

Eh, parbleu, celui qui eft Officier aux Gardes.

Mad. DE BELLEFORIERE.

Celui-là ?

LE BAL

LE COMMANDEUR.

Sûrement ; elle n'en a pas d'autre.

Mad. DE SOURDEIL.

En vérité, Commandeur, vous dites des chofes...

LE COMMANDEUR.

Comme je les fais ; mais vous avez raifon. Mefdames, je vous falue. Adieu, Préfident.

SCÈNE X.

Mlle. DE SOURDEIL, LE PRÉSIDENT, Mme. DE BELLEFORIERE.

Mad. DE SOURDEIL.

L eſt toujours le même, le Commandeur.

Mad. DE BELLEFORIERE.

Je ne ſuis pas ſurpriſe du ton qu'il a avec moi.

Mad. DE SOURDEIL.

Il a peut-être eu à ſe plaindre de vos rigueurs.

Mad. DE BELLEFORIERE.

Mais, je vous demande, ſi une pareille con-
ète eſt bien flatteuſe ?

LE PRÉSIDENT.

C'eſt un parfaitement honnête homme, qui eſt
entiel & vrai.

Mad. DE BELLEFORIERE.

Ce ne ſont pas-là des qualités agréables; vous
conviendrez bien.

LE PRÉSIDENT.

On eſt ſûre, au moins, de n'être pas trompé.

Mad. DE SOURDEIL.

Mais, Préſident, pouvez-vous imaginer que, lorſqu'on eſt belle comme Madame, on puiſſe y être expoſée ?

Mad. DE BELLEFORIERE.

Elle eſt toujours charmante, Madame de Sour- deil, Monſieur le Préſident ; il y a bien peu d'amies comme elle ; c'eſt qu'elle a un goût ex- quis ! une délicateſſe de ſentimens, une amitié ſi tendre ! ſi prévenante ! ſi indulgente !

Mad. DE SOURDEIL.

Allons, allons, belle Dame ; il ne ſauroit être queſtion d'indulgence avec vous, vous n'en aurez jamais beſoin.

LE PRÉSIDENT.

Je ſuis bien ſûr que ſi Madame avoit un procés, qu'elle le gagneroit tout de ſuite ; on ne peut pas avoir de torts, quand on eſt faite comme elle.

Mad.

Mad. DE SOURDEIL.

Je lui en connois pourtant de grands !

Mad. DE BELLEFORIERE.

Vous pouvez dire cela de moi ! vous, Madame?

Mad. DE SOURDEIL.

Sûrement ; eſt-ce que l'on vous voit ? Il y a mille ans que vous n'avez ſoupez ici.

Mad. DE BELLEFORIERE.

Ce n'eſt pas manque de deſir , aſſurément ; mais dans ce tems-ci, on a tant d'engagemens !...

Mad. DE SOURDEIL.

Je ſais bien ce que vous faites.

Mad. DE BELLEFORIERE.

En vérité, c'eſt malgré moi, ſi je vais au bal.

LE PRÉSIDENT.

Madame, on a bien raiſon de vous y contraindre.

Mad. DE BELLEFORIERE.

C'eſt entre amies, & je ne me ſoucie pas qu'on le ſache.

V

LE PRÉSIDENT.

Oui ; car on vous prieroit par-tout.

Mad. DE BELLEFORIERE.

Mais, netre société est assez étendue.

LE PRÉSIDENT.

Et l'on ne parle que de la grace avec laquelle vous dansez.

Mad. DE BELLEFORIERE.

Vous m'affligez, Monsieur, voilà mon secret qui échappe.

Mad. DE SOURDEIL.

Pourquoi donc en faire un secret ?

Mad. DE BELLEFORIERE.

C'est que ce n'est point par goût que je danse, c'est par raison.

LE PRÉSIDENT.

Par raison ?

Mad. DE SOURDEIL.

Il n'entendra pas cela, le Président.

LE PRÉSIDENT.

Mais.....

Mad. DE BELLEFORIERE.

Le Docteur, veut que je faffe de l'exercice.

LE PRÉSIDENT.

Ah! j'entends à merveille.

Mad. DE BELLEFORIERE.

Et, quel exercice peut-on faire par ce tems ici?

LE PRÉSIDENT.

On peut monter à cheval.

Mad. DE BELLEFORIERE.

Voilà ce que je ne peux fouffrir.

Mad. DE SOURDEIL.

Mais, vous avez danfé douze fois ce Carnaval?

Mad. DE BELLEFORIERE.

Non, pas plus de dix.

Mad. DE SOURDEIL.

Et, aujourd'hui?

V 2

Mad. DE BELLEFORIERE.

Ah ! mon Dieu, vous m'y faites songer ; j'ai encore six visites à faire avant d'aller souper.

LE PRÉSIDENT.

Mais, à présent, on arrive aussi tard que l'on peut.

Mad. DE BELLEFORIERE.

Je le fais bien.

Mad. DE SOURDEIL.

On ne vous verra donc pas avant le Carême ?

Mad. DE BELLEFORIERE.

Comment voulez-vous que je fasse ?

Mad. DE SOURDEIL.

Et peut-être dans ce tems-là danserez-vous encore ?

Mad. DE BELLEFORIERE.

Mais, on ne peut répondre de rien.

Mad. DE SOURDEIL.

Allons, quand vous le pourrez, vous me le manderez.

Mad. DE BELLEFORIERE.

Ah! sûrement. Laiffez-moi donc aller. Monfieur le Préfident, je fuis bien aife de vous avoir rencontré.

SCÈNE DERNIÈRE.

Mᵐᴱ. DE SOURDEIL, LE PRÉSIDENT.

LE PRÉSIDENT.

COMMENT fait-elle donc pour danfer encore ? avec tous les foins que demande fa beauté ?

Mad. DE SOURDEIL.

Elle dit qu'elle a des raifons pour cela, & puis elle ne danfe que l'hiver ; elle ne s'en aviferoit pas l'été, en plein air.

LE PRÉSIDENT.

Sûrement ; puifque dans cette faifon-là, elle ne laiffe entrer ni l'air, ni le jour chez elle.

Mad. DE SOURDEIL.

Vous ne favez pas qu'elle eft de toutes ces affociations, de toutes ces loges où l'on danfe.

LE PRÉSIDENT.

Ah! ah! & comment cela?

Mad. DE SOURDEIL.

C'eſt par pure amitié, pour une femme de ſes amies, qui eſt en province & qui lui a envoyé ſon fils.

LE PRÉSIDENT.

Comment, elle s'eſt faite chaperon de ce fils?

Mad. DE SOURDEIL.

A peu près.

LE PRÉSIDENT.

Quel âge a-t'il donc?

Mad. DE SOURDEIL.

Mais, vingt-deux ans.

LE PRÉSIDENT.

Ah! je comprends à merveille.

Mad. DE SOURDEIL.

Comme il eſt de toutes ces aſſociations où elle a beaucoup d'amies......

LE PRÉSIDENT.

Elle s'y est fait admettre aussi, pour répondre mieux du jeune homme à sa mère ?

Mad. DE SOURDEIL.

J'imagine que c'est là son intention.

LE PRÉSIDENT.

Elle est très-louable ! Madame, dites-moi un peu une chose ?

Mad. DE SOURDEIL.

Quoi ?

LE PRÉSIDENT.

Soupez-vous ce soir chez Madame votre mère ?

Mad. DE SOURDEIL.

Oui, venez-y.

LE PRÉSIDENT.

C'est mon projet.

Mad. DE SOURDEIL.

Ah ! fort bien ! Je vais demander mes chevaux.

Le Président.

Si vous ne faites pas de vifites avant, je peux vous y mener.

Mad. de Sourdeil.

Vous avez raifon.

Le Président.

Le Baron y fera-t'il ?

Mad. de Sourdeil.

Je ne fais pas s'il fera de retour de Verfailles. Allons nous en.

Fin de la quatrième Journée.

CONVERSATIONS

DES

GENS DU MONDE,

DANS TOUS LES TEMS

DE L'ANNÉE.

AVERTISSEMENT.

L'ON se croit obligé de prévenir ceux qui liront cet Ouvrage, qu'ils n'y trouveront rien de neuf, & qu'on n'y a recueilli que ce qu'on entend dire tous les jours : le but de l'Auteur n'est donc pas d'instruire ; mais, au contraire, d'apprendre aux Etrangers à parler sans rien dire.

CONVERSATIONS

DES
GENS DU MONDE,

DANS TOUS LES TEMS DE L'ANNEE.

L'HIVER.

TOME PREMIER.

A PARIS,

A l'Imprimerie POLYTYPE, Rue Favart,
Et chez les Marchands de Nouveautés.

1786.

AVIS AU PUBLIC.

CONVERSATIONS des Gens du monde, dans tous les Tems de l'Année:

Ouvrage nouveau, composé de Drames, appelés Journées; il y en aura six par Saison.

L'HIVER.

Les Visites du Jour de l'An,	Iere. Journée.
La Promotion,	IIeme.
Le Dégel,	IIIeme.
Le Bal,	IVeme.
Le Caréme,	Veme.
La Partie de Longchamps,	VIeme.

LE PRINTEMS.

La Vacance des Spectacles,	Iere. Journée.
La Rentrée de l'Opéra,	IIeme.
La Rosiere,	IIIeme.
Les Orangers,	IVeme.
La Promenade des Tuileries,	Veme.
La Maison des Boulevards,	VIeme.

L'ÉTÉ.

La Nouvelle des Tuileries,	Iere. Journée.
Le Désœuvrement de l'Été,	IIeme.

L'AUTOMNE.

Il paroîtra deux Cahiers ou Soirées, par mois, une tous les quinze jours ; chaque volume sera composé de six cahiers : le tout formera, par conséquent, quatre volumes dans un an.

Le prix de chaque cahier, pris séparément, est de 24 sols.

On les trouve & on peut se faire inscrire, A PARIS,

A L'IMPRIMERIE POLYTYPE, rue Favart, lettre K.

Chez { ROYEZ, Libraire, quai des Augustins. BUISSON, Libraire, rue des Poitevins, hôtel de Mesgrigny, HARDOUIN & GATTEY, au Palais-Royal. LESCLAPART, rue du Roule.

Et chez les Marchands de Nouveautés.

LE CARESME.

CINQUIÈME JOURNÉE.

PERSONNAGES.

Mme. DE PERANVAL.

M. DE PERANVAL.

M. DE BLANCOUR.

M. DE LORVILLE.

Mme. DE VERTAVILLE.

Mme. DE LEZI.

M. DE CLARA.

LA MARQUISE DE BELLE-RIVE.

LA PRÉSIDENTE DE NORGA.

LE PRÉSIDENT DE NORGA.

LE COMTE DE VERMILLY.

LABRIE, Valet-de-Chambre de Mme. DE PERANVAL.

La Scène est chez Madame de Peranval.

LE CARESME.

CINQUIÈME JOURNÉE.

SCÈNE PREMIÈRE.

M. DE PERANVAL, LABRIE.

LABRIE.

Monsieur de Blancour est chez Monsieur.

M. DE PERANVAL.

Dites-lui que je le prie de passer ici.

LABRIE.

Le Cocher demande s'il faut mettre les chevaux.

M. DE PERANVAL.

Mais, sûrement; tout de suite.

X

LABRIE.

Il fait la voiture ?

M. DE PERANVAL.

Non, attendez.

LABRIE.

Est-ce la neuve ?

M. DE PERANVAL.

Non, l'autre.

SCÈNE II.

M. DE PERANVAL, LABRIE,
M. DE BLANCOUR.

LABRIE.

MONSIEUR de Blancour.

M. DE PERANVAL.

Eh d'où diable sort-tu donc, Blancour ?

M. DE BLANCOUR.

Je viens de Vertaville, où nous avons paffé les ours-gras.

M. DE PERANVAL.

A Vertaville ! toi ?

M. DE BLANCOUR.

Sans doute.

M. DE PERANVAL.

Quoi, tu n'étois pas Lundi au Bal de l'Opéra ?

M. DE BLANCOUR.

Je te jure bien que non.

M. DE PERANVAL.

Qu'eft-ce qui donnoit donc le bras à Madame de Gremiere ?

M. DE BLANCOUR.

Ma foi, je n'en fais rien ; il y a un mois que je ne l'ai vue.

M. DE PERANVAL.

L'aurois-tu quitté ?

X 3

M. DE BLANCOUR.

Non ; c'est elle qui m'a fait cet honneur-là.

M. DE PERANVAL.

Et pourquoi diable ne l'as-tu pas prévenue ?

M. DE BLANCOUR.

Premièrement, parce qu'on ne tire plus vanité de cela, & que j'avois d'autres raisons encore.

M. DE PERANVAL.

Et quelles raisons ?

M. DE BLANCOUR.

Je pensois à une autre femme ; je ne voulois pas qu'elle me crût capable d'un mauvais procédé, & je voulois avoir une confidence à lui faire de mes malheurs en amours.

M. DE PERANVAL.

Quelle idée ?

M. DE BLANCOUR.

Cette conduite m'a très-bien réussi avec ces deux femmes. La première est légère, folle, vaine, & la seconde est sensible, délicate, romanesque enfin, elle m'a plaint.

M. DE PERANVAL.

Eh bien, après ?

M. DE BLANCOUR.

Elle m'a confolé.

M. DE PERANVAL.

Tu dois avoir paffé de triftes jours-gras avec ta nouvelle conquête ?

M. DE BLANCOUR.

Mais, non ; nous avons chaffé, joué au bil-lard, au trictrac, fait la meilleure chère du monde, & j'ai gagné affez d'argent.

M. DE PERANVAL.

Il a fait un tems affreux.

M. DE BLANCOUR.

Nous n'y avons pas pris garde ; la maifon étoit bien échauffée, & il n'y a que moi qui ne fuis pas revenu enrhumé.

M. DE PERANVAL.

Je vois que ta paffion ne t'a pas trop occupé.

X 4

M. DE BLANCOUR.

Écoutes-donc, quand on n'a plus vingt-ans.....

M. DE PERANVAL.

Je comprends à merveille ; mais les femmes ne font pas de même, moins elles font jeunes, & moins elles font légères.

M. DE BLANCOUR.

Tu as raifon, je n'y ai pas penfé affez-tôt, & cela commence à m'inquiéter un peu.

M. DE PERANVAL.

Voilà ce que je trouve à redouter pour toi.

M. DE BLANCOUR.

Oui ; cela deviendra très-embarraffant, très-incommode.

M. DE PERANVAL.

Tu peux t'attendre qu'elle te demandera compte de toutes tes démarches.

M. DE BLANCOUR.

Je lui dirai que j'ai beaucoup d'affaires à Ver-failles.

M. DE PERANVAL.

Cela eſt bon pour les Dimanches, on n'y va guères que ces jours-là, quand on n'a pas une place à la Cour.

M. DE BLANCOUR.

Allons, j'ai tort ; parbleu, je ne ſais pas à quoi j'ai penſé !

M. DE PERANVAL.

Ce qu'il y a à craindre encore ; c'eſt qu'elle ne te donne aucun ſujet de te plaindre, qu'elle ne te faſſe pas la moindre infidélité, dont tu puiſſe tirer avantage.

M. DE BLANCOUR.

Vraiment, elle ne m'a que trop aſſuré de ſa conſtance, & j'en étois enchanté comme un ſot ; parce que je n'en prévoyois pas les ſuites.

M. DE PERANVAL.

Et tu t'es donné, toi, pour un amant malheureux par ſa délicateſſe, & par une fidélité à toute épreuve, un ſentiment que rien ne peut jamais altérer ?

M. DE BLANCOUR.

Sûrement ; je ne lui ai que trop débité de toutes ces misères-là.

M. DE PERANVAL.

Il faut voir, tout n'est peut-être pas si désespéré.

M. DE BLANCOUR.

Comment, que veux-tu dire ?

M. DE PERANVAL.

Moi, rien ; mais c'est que..... J'entends quelqu'un.

SCÈNE III.

M. DE PERANVAL, M. DE BLANCOUR, M. DE LORVILLE, LABRIE.

LABRIE.

MONSIEUR de Lorville.

M. DE LORVILLE.

Ah ! Messieurs, je suis bien aise de vous trouver

enfemble ! toi, Peranval, parce que j'ai befoin de toi ; & toi, Blancour, parce que tu m'aideras à le perfuader de faire ce que je defire de lui.

M. DE BLANCOUR.

C'eſt donc une affaire de grande conféquence ?

M. DE LORVILLE.

Oui, pour moi ; quand je dis de conféquence, c'eſt-à-dire, pourtant, comme cela ; mais réellement, tu me ferois le plus grand plaifir.

M. DE PERANVAL.

Allons, au fait.

M. DE LORVILLE.

M'y voici. Une femme qui me convient très-fort & avec qui je me fuis arrangé depuis peu, a un mari, qui n'eſt pas jaloux, mais qui n'aime pas une affiduité trop marquée auprès de fa femme ; on ne fait pas pourquoi ; je dis, on n'y comprends rien.

M. DE PERANVAL.

Eh bien ?

M. DE LORVILLE.

Ce mari a fait une Comédie.

M. DE BLANCOUR.

Bonne ?

M. DE LORVILLE.

C'est-à-dire......

M. DE PERANVAL.

Qu'elle ne vaut rien.

M. DE LORVILLE.

Je ne dis pas cela ; il y a sûrement de l'esprit,
parce que l'Auteur en a beaucoup.

M. DE BLANCOUR.

Et qui est-il ?

M. DE LORVILLE.

Vous le connoissez tous deux, je vous le dirai
après.

M. DE PERANVAL.

Quel mystère ?

M. DE LORVILLE.

Voici ce que j'ai imaginé.

M. DE BLANCOUR.

Pour t'établir dans sa maison ?

M. DE LORVILLE.

Oui ; d'accord avec sa femme. Je lui ai persuadé qu'il falloit qu'il nous fit jouer sa Pièce, dans la quinzaine de Pâques, où l'on est privé de Spectacles.

M. DE PERANVAL.

Il y a consenti ?

M. DE LORVILLE.

Très-fort ; il a été enchanté de ma proposition. Je me suis chargé de lui trouver des Acteurs, & il ne nous manque qu'un Valet ; j'ai compté que tu me ferois le plaisir de te charger de ce rôle-là.

M. DE PERANVAL.

Je ne le puis pas absolument. Mais, pourquoi Blancour ne s'en chargeroit-il pas ?

M. DE BLANCOUR.

Moi ?

M. DE PERANVAL.

Oui.

M. DE LORVILLE.

Je l'ai bien proposé à la Dame ; mais elle m'a

dit qu'il étoit un homme à sentiment, & qu'il ne joueroit pas bien un rôle gai ; je ne sais où diable elle a pris cela.

M. DE BLANCOUR.

Quoi ! c'est Madame de Vertaville ?

M. DE LORVILLE.

Elle-même ?

M. DE BLANCOUR.

Je ne comprends pas... Comment, c'est elle qui...

M. DE LORVILLE.

Cela te confonds, je sais bien pourquoi.

M. DE BLANCOUR.

Comment, tu le sais ?

M. DE LORVILLE.

Oui ; parce que tu as passé avec nous les jours-gras, sans te douter de la moindre chose.

M. DE BLANCOUR.

Je n'en reviens pas ! il est vrai,

M. DE LORVILLE.

Tu n'as été occupé que de jouer auffi ; on ne voit rien ailleurs avec ce goût-là.

M. DE PERANVAL.

Ecoutes-donc, Blancour ; il faut que tu faffe abfolument ce rôle de Valet, cela te divertira.

M. DE LORVILLE.

Oui, & fon fentiment.

M. DE PERANVAL.

Il s'en débarraffera.

M. DE LORVILLE.

Mais, c'eft que Madame de Vertaville compte que tu l'accepteras, & en conféquence, elle doit venir ici cette après-dîner, pour engager Madame de Peranval à paffer la quinzaine chez elle à la campagne.

M. DE PERANVAL.

Oui ; & Longchamp, donc ? Elle n'y confentira jamais.

M. DE LORVILLE.

Elle n'y viendra que le Samedi, & toi, tu y viendra plutôt, à caufe des répétitions.

M. DE PERANVAL.

Non, non; Blancour fera le rôle.

M. DE LORVILLE.

La voici, je crois. Non; c'est Madame de Peranval.

SCÈNE IV.

Mme. DE PERANVAL, M. DE PERANVAL;
M. DE LORVILLE, M. DE BLANCOUR.

Mad. DE PERANVAL.

Ah! ah! que faites-vous donc ici, tous les trois?

M. DE LORVILLE.

Nous vous attendions, Madame.

Mad. DE PERANVAL.

Messieurs, je suis bien aise de vous voir;
vous m'aiderez à confondre Monsieur de Péran-
val, sur sa négligence.

M. DE BLANCOUR.

Sur quoi donc?

Mad.

Mad. DE PERANVAL.

Sur une voiture qu'on me fait pour Longchamps, qui ne fera jamais prête, s'il ne veut pas presser davantage les Ouvriers.

M. DE PERANVAL.

Je ne puis pas tout faire. Depuis deux mois, je ne suis occupé que de vous faire avoir l'attelage, que vous avez enfin depuis ce matin.

M. DE BLANCOUR.

C'est celui qu'on avoit fait venir pour l'Ambassadeur.

M. DE PERANVAL.

Oui, vraiment, & il est cher.

M. DE LORVILLE.

Je te l'avois dit; mais c'est un attelage superbe, il n'y en a point de pareil à Paris.

M. DE BLANCOUR.

Oui; il est d'un bai clair charmant !

M. DE PERANVAL.

Et à quoi me serviront ces bêtes, si ma voiture n'est pas faite ?

Y

M. DE PERANVAL.

Elle le fera.

Mad. DE PERANVAL.

Si je m'en mêle ; car sans cela.....

M. DE LORVILLE.

Qu'est-ce qui la fait ?

Mad. DE PERANVAL.

Je n'en sais rien ; il n'a pas voulu me le dire.

M. DE PERANVAL.

Qu'est-ce que cela vous feroit ?

M. DE LORVILLE.

N'est-ce pas Vincent ?

M. DE PERANVAL.

Lui-même.

M. DE BIANCOUR.

Elle sera faite admirablement bien !

M. DE LORVILLE.

C'est sans doute une voiture angloise ?

M. DE PERANVAL.

Sûrement.

M. DE BLANCOUR.

Il ne faut pas oublier, qu'elle doit s'annoncer de loin, par le bruit.

Mad. DE PERANVAL.

Voilà ce que j'aurois demandé à l'Ouvrier, si je l'avois connu.

M. DE PERANVAL.

Eh! Madame, laissez-moi faire, je vous réponds que vous en serez contente.

M. DE LORVILLE.

Vous pouvez en être bien sûre ; vous devez savoir que personne n'a plus de goût que lui.

SCÈNE V.

MME. DE PERANVAL, M. DE PERANVAL,
M. DE BLANCOUR, M. DE LORVILLE,
MME. DE VERTAVILLE, LABRIE.

LABRIE.

MADAME de Vertaville.

Mad. DE PERANVAL.

Quoi, Madame, vous fortez de fi bonne-heure!
& par ce vilain tems-là, encore!

Mad. DE VERTAVILLE.

Je voulois vous trouver, Madame; d'ailleurs,
j'ai monté à cheval ce matin, & le tems ne m'a
pas paru trop mauvais.

Mad. DE PERANVAL.

Mettez-vous donc là.

Mad. DE VERTAVILLE.

Non, je veux être auprès de vous.

M. DE PERANVAL.

En vérité, vous êtes charmante! Pourquoi donc a-t'on été si long-tems sans vous voir?

Mad. DE VERTAVILLE.

C'est que j'arrive de Vertaville.

Mad. DE PERANVAL.

Par le tems qu'il a fait tous ces jours-ci?

Mad. DE VERTAVILLE.

Oui. Ah! voilà Monsieur de Peranval! Vous ne venez plus chez moi, j'en suis furieuse.

M. DE PERANVAL.

C'est qu'il n'est pas aisé de vous trouver, Madame; vous vous renfermez souvent, à ce que l'on m'a dit.

Mad. DE VERTAVILLE.

Mais, c'est que si l'on ne prend pas quelques momens pour lire, on n'est au fait de rien. Je ne vous ai pas vu hier, Monsieur de Blancour.

M. DE BLANCOUR.

Madame; c'est que j'ai été à Versailles, & je n'en suis revenu que dans l'instant.

Y 3

Mad. DE VERTAVILLE.

Heureusement que vous n'y restez pas.

M. DE PERANVAL.

Non ; mais il ira bien plus loin.

Mad. DE VERTAVILLE.

Comment donc, plus loin !

M. DE PERANVAL.

Oui, Madame ; quand on suit les Affaires étran-
gères, on est exposé à s'éloigner tout d'un coup.

Mad. DE VERTAVILLE.

Que dites-vous donc, Monsieur de Peranval ?

M. DE PERANVAB.

Je ne dis son secret, que parce qu'il n'en sera
peut-être bientôt plus un.

Mad. DE VERTAVILLE.

Concevez-vous quelque chose à ce qu'il dit là,
Monsieur de Blancour ?

M. DE BLANCOUR.

Il se divertit un peu à mes dépens ; j'en conviens.

Mad. DE VERTAVILLE.

Il est donc instruit de vos affaires ?

M. DE LORVILLE.

Bon ! il sait tout Peranval ; je ne sais pas comment il fait.

M. DE PERANVAL.

Ma foi, c'est que j'écoute tout ce qu'on me dit ; voilà tout mon savoir.

Mad. DE VERTAVILLE.

Je crois, Madame, que vous ne comprenez rien à tous ces propos-là ?

Mad. DE PERANVAL.

Moi ? Je vous assure que je ne peux plus écouter les hommes, quand ils ont l'air de s'entendre entre eux.

M. DE VERTAVILLE.

Vous pourriez bien avoir raison.

M. DE PERANVAL.

C'est qu'ils semblent vouloir mettre de la fi-nesse, avec leur ton enigmatique, & tout cela me fait pitié ; car cela prouve combien un secret leur

Y 4

pèfe, & tous leurs myftères deviennent autant de fujets d'indifcrétions. Ils croyent cependant nous intriguer beaucoup.

Mad. DE VERTAVILLE.

Et nous avons fouvent deviné d'avance, tout ce qu'ils croyent nous cacher.

Mad. DE PERANVAL.

Ils ne nous croyent pas dignes d'être dans leurs confidences, & s'ils nous parlent à nous, fur-tout les maris, ce n'eft que pour critiquer nos modes & nos ajuftemens.

Mad. DE VERTAVILLE.

Oui, & ne trouvez-vous pas qu'ils font mis bien décemment avec leurs gilets ?

Mad. DE PERANVAL.

Et avec beaucoup de goût, fur-tout, avec les deux mains dans les poches qui font fur le haut du ventre. Ce qui me met véritablement en colère, c'eft de voir qu'il y a des femmes qui ont la fo- tife de broder de ces gilets.

M. DE LORVILLE.

Elle a de l'humeur contre nous, aujourd'hui, Madame de Peranval.

M. DE PERANVAL.

Bon ! c'eſt ſûrement à cauſe de ſa voiture.

Mad. DE VERTAVILLE.

Madame, que je vous diſe donc.

Mad. DE PERANVAL.

Quoi, Madame ?

Mad. DE VERTAVILLE.

Qu'eſt-ce que vous faites la quinzaine de Pâques ?

Mad. DE PERANVAL.

Mais ; bien des choſes.

Mad. DE VERTAVILLE.

C'eſt que je compte abſolument ſur vous pour Vertaville.

Mad. DE PERANVAL.

J'ai trois engagemens différens, auxquels je ne ſaurois manquer, ſans compter pluſieurs autres que j'ai refuſés.

Mad. DE VERTAVILLE.

Mais, c'eſt que ſi vous ne venez pas, nous

n'aurons pas non plus Monsieur de Peranval, peut-
être.

Mad. DE PERANVAL.

Pourquoi donc faire ?

Mad. DE VERTAVILLE.

C'eſt pour jouer dans une Pièce de Monſieur
de Vertaville, où je comptois que vous voudriez
bien prendre auſſi un rôle.

Mad. DE PERANVAL.

Moi ? Je ne veux jamais jouer la Comédie.

Mad. DE VERTAVILLE.

Pourquoi donc cela ? Avec une figure comme la
vôtre, vos graces, votre eſprit & votre goût, vous
devez être ſûre de toujours réuſſir.

Mad. DE PERANVAL.

J'aurois tout cela, que je ne voudrois pas m'ex-
poſer à la critique.

Mad. DE VERTAVILLE.

Mais, j'ai donc tort de jouer, moi ?

Mad. DE PERANVAL.

Je ne dis pas cela.

M. DE PERANVAL.

Et vous avez bien raison; car on dit, Madame, que vous jouez les rôles de sentiment, à merveille ! N'est-ce pas, Blancour ?

M. DE BLANCOUR.

Oui ; c'est Lorville qui me l'a dit.

Mad. DE PERANVAL.

Vous voyez bien, Madame, que je ne pourrois jamais avoir autant de talens que vous.

Mad. DE VERTAVILLE.

Je vous assure, Madame, que vous nous manquerez beaucoup ; pour Monsieur de Peranval, je compte sur lui pour un rôle de valet.

M. DE PERANVAL.

Non, Madame ; c'est Blancour qui s'en charge.

Mad. DE VERTAVILLE.

Point du tout.

M. DE LORVILLE.

J'ai déjà dit, Madame, que ce rôle-là ne sauroit lui convenir, c'est-à-dire, que vous le pensiez.

Mad. DE VERTAVILLE.

Je lui crois beaucoup de talens, mais.....

M. DE PERANVAL.

Je vous réponds qu'il le jouera à merveille ; c'est
sans doute Lorville qui fait l'amoureux ?

Mad. DE VERTAVILLE.

Oui ; il a bien voulu s'en charger.

M. DE PERANVAL.

Et, avez-vous des scènes bien tendres ensemble ?

Mad. DE VERTAVILLE.

Mais, oui.

M. DE LORVILLE.

Oh ! de charmantes !

M. DE PERANVAL.

Il en paroît content, il doit les bien jouer.

Mad. DE VERTAVILLE.

Ah ! çà, Madame, vous ne pouvez donc pas
être des nôtres ?

Mad. DE PERANVAL.

Non, Madame, & j'en fuis bien fâchée.

M. DE BLANCOUR.

Je vous prie auffi de ne pas compter fur moi.

M. DE PERANVAL.

Fort bien, Blancour.

Mad. DE VERTAVILLE.

Vous approuvez ; je vois que vous vous chargez du rôle, Monfieur de Peranval.

M. DE PERANVAL.

Non, Madame ; je vous jure en honneur que je ne le peux pas.

Mad. DE VERTAVILLE.

Allons, je ne vous écoute plus. Madame, je m'en vais un peu fâchée contre vous ; cependant, j'efpère toujours que vous pafferez Jeudi la foirée chez moi.

Mad. DE PERANVAL.

Je n'avois garde d'y manquer.

Mad. DE VERTAVILLE.

Tout de bon ? Vous ne l'aviez pas oublié ?

Mad. DE PERANVAL.

Ah ! pour cela. . . . .

Mad. DE VERTAVILLE.

Où voulez-vous donc aller ?

Mad. DE PERANVAL.

Je vous laisse. Monsieur de Peranval, Madame de Vertaville s'en va.

Mad. DE VERTAVILLE.

Non, Monsieur, je ne veux pas de votre main ; je vous boude, laissez-moi.

M. DE LORVILLE.

Oui, reste ; je m'en vais avec Madame.

SCÈNE VI.

Mme. DE PERANVAL, M. DE BLAN-
COUR, M. DE PERANVAL.

M. DE BLANCOUR.

PERANVAL, viens-tu à l'Opéra, aujourd'hui ?

M. DE PERANVAL.

Sûrement. Y a-t'il quelque chose de nouveau ?

M. DE BLANCOUR.

Mais, oui ; une Danseuse, dont on dit le plus
grand bien.

Mad. DE PERANVAL.

Qui sort, sans doute, des petits Spectacles des
Bouleyards ?

M. DE BLANCOUR.

Non, non, Madame ; c'est mieux que cela ;
elle arrive de Londres.

M. DE PERANVAL.

Elle sera mise à faire horreur.

M. DE BLANCOUR.

Cela ne fait rien, ce n'eft pas là l'effentiel.

Mad. DE PERANVAL.

Pardonnez-moi, Monfieur, je trouve que toutes ces Demoifelles ne font rien en comparaifon
de Mademoifelle Guimard. Voyez comme elle eft
toujours bien mife !

M. DE BLANCOUR.

Je conviens de cela ; mais pour ce qu'on appelle
la danfe haute.....

Mad. DE PERANVAL.

Moi, je n'aime que la danfe agréable, celle qui,
exprime.

M. DE BLANCOUR.

C'eft la pantomime, à la bonne-heure, vous
avez raifon ; mais pour la danfe noble, héroïque,
cela eft bien différent.

Mad. DE PERANVAL.

Eh bien, je conviens que je n'entends rien à
ce que vous trouvez là d'admirable.

M.

M. DE BLANCOUR.

Vous avez pourtant applaudi les entrées, aux Bals de Versailles.

Mad. DE PERANVAL.

Je n'en ai vu qu'une fois ; mais cela est bien différent, c'étoit tous gens connus qui dansoient.

M. DE BLANCOUR.

Mais, dansoient-ils aussi bien qu'à l'Opéra ?

Mad. DE PERANVAL.

Je ne compare pas, & puis les graces naturelles réussissent toujours.

M. DE PERANVAL.

Oui ; Marcel, disoit d'une femme, elle a une petite disgrace noble.

Mad. DE PERANVAL.

Il avoit raison, cela vaut mieux que des graces étudiées, comme celles de Madame de Blery, par exemple, qui veut toujours imiter Mademoiselle Contat, quand elle joue la Comédie.

Z

M. DE BLANCOUR.

Cela n'eſt pas étonnant, elle ſe fait répéter tous ſes rôles par elle.

Mad. DE PERANVAL.

Elle dit pourtant que perſonne ne lui a jamais montré.

M. DE BLANCOUR.

Ceux qu'elle ne joue pas bien.

M. DE PERANVAL.

Il a raiſon ; car je l'ai vu jouer, une fois, bien à contre-ſens.

Mad. DE PERANVAL.

Et, qu'eſt-ce qu'on donnera pour la capitation ?

M. DE BLANCOUR.

Mais, ſûrement Iphigénie en Aulide.

Mad. DE PERANVAL.

Pendant qu'ils ont tant de choſes charmantes de Piccini.

M. DE BLANCOUR.

Il est vrai; mais les Acteurs veulent cette Iphigénie, elle leur a toujours rapporté beaucoup.

Mad. DE PERANVAL.

Ils ne se connoissent qu'en argent, sans doute ?

M. DE BLANCOUR.

Ce qu'il y a de certain, c'est qu'ils ne veulent
qu'une bonne recette.

M. DE PERANVAL.

Voici du monde ; allons nous-en : Blancour ,
passons par chez moi.

M. DE BLANCOUR.

Je le veux bien, Madame, je vais parler un peu
aux Acteurs.

SCÈNE VII.

Mᵐᵉ. DE PERANVAL, Mᵐᵉ. DE LEZI,
M. DE CLERA, LABRIE.

LABRIE.

Madame de Lezi, Monſieur de Clera.

Mad. DE LEZI.

On m'avoit dit, Madame, que je ne ſerois pas
aſſez heureuſe pour vous trouver ; je vois, avec
plaiſir, que j'ai bien fait de le tenter.

Mad. DE PERANVAL.

J'aurois été déſeſpérée d'être ſortie, Madame.
Comment va votre ſanté, à préſent ?

Mad. DE LEZI.

Mais, Madame, fort bien, ſur-tout depuis
que je nourris.

Mad. DE PERANVAL.

Cela eſt-il vrai, Monſieur de Clera ?

M. DE CLERA.

Je vous réponds, Madame, qu'elle a du lait comme moi, & qu'elle va détruire entièrement sa santé.

Mad. DE PERANVAL.

Il faudroit pourtant prendre garde à cela ; il y a des exemples effrayans de ce qu'il dit-là, Madame.

Mad. DE LEZI.

Oui, si j'étois comme dit mon oncle ; mais vous savez qu'il y a des hommes qui n'aiment pas trop que les femmes nourriffent.

Mad. DE PERANVAL.

Oui ; parce qu'elles ne font plus à la société.

M. DE CLERA.

C'est-à-dire, qu'il faudroit qu'elles n'y fuffent pas, & qu'elles euffent une excellente santé.

Mad. DE LEZI.

Eh bien, moi, cela ne me fait rien du tout. Je fais ce que je veux, je vais au bal, au spectacle, je fais des visites, cela ne me dérange en rien. Il est vrai que j'ai deux Berceufes excellentes.

Z 3

M. DE CLERA.

Tout cela ne vaut pas une bonne nourrice.

Mad. DE LEZI.

Ah ! mon oncle, ne parlons plus de cela ; vous ſavez combien j'ai d'humeur quand on me tourmente, cela m'eſt mortel.

Mad. DE PERANVAL.

Et votre ſanté à vous, Monſieur de Clera, comment va-t'elle à préſent ?

M. DE CLERA.

Mais aſſez bien, Madame, ſur-tout avec un peu de précaution dans ce tems-ci ; & puis je ne nourris pas, moi.

Mad. DE LEZI.

Savez-vous, Madame, que nous avons penſé ne pas arriver ici.

Mad. DE PERANVAL.

Il eſt vrai qu'il fait un tems affreux !

M. DE CLERA.

Ce n'eſt pas cela ; ce ſont les bâtimens, on ne rencontre que des pierres par-tout.

Mad. DE LEZI.

Et qui me font une peur horrible.

Mad. DE PERANVAL.

Moi, je n'y penfe pas trop.

M. DE CLERA.

Imaginez-vous donc, Madame, fi un des effieux de ces groffes voitures caffoit auprès de la vôtre, ce que l'on deviendroit !

Mad. DE PERANVAL.

Heureufement que cela n'arrive guères ; & puis, moi, je ne puis pas trouver abfolument mauvais que l'on voiture des pierres.

M. DE CLERA.

Pourquoi donc ?

Mad. DE PERANVAL.

C'eft que je vais faire bâtir.

Mad. DE LEZI.

Où cela donc, Madame ?

Mad. DE PERANVAL.

Dans le fauxbourg Saint Honoré.

Mad. DE LEZI.

Cela est à portée de tout.

M. DE CLERA.

Et dans la plus charmante position !

Mad. DE PERANVAL.

Oui, elle est belle.

M. DE CLERA.

Vous avez les Champs-Élisées, qui font le matin d'une fraicheur très-agréable.

Mad. DE PERANVAL.

On peut y aller aisément.

M. DE CLERA.

En robe-de-chambre : on iroit comme cela, en causant, jusqu'au bois de Boulogne.

Mad. DE PERANVAL.

On ne va point se promener en robe-de-chambre.

M. DE CLERA.

Mais, pardonnez-moi, on le peut, quand on a une porte de fon jardin qui donne fur les Champs-Élifées. A la place de Monfieur de Peranval, moi, j'irois tous les matins.

Mad. DE PERANVAL.

Mais, nous n'aurons point de porte fur les Champs-Élifées.

M. DE CLERA.

Tout le monde en a pourtant.

Mad. DE PERANVAL.

Il faut pour cela que le Jardin y donne.

M. DE CLERA.

Eh bien, oui; c'eft ce que j'ai l'honneur de vous dire.

Mad. DE PERANVAL.

Notre Maifon ne fera pas de ce côté-là.

M. DE CLERA.

Ah! cela fait une différence.

Mad. DE PERANVAL.

Mais, je n'en aurai pas moins un Jardin.

M. DE CLERA.

Qui donnera fur la campagne?

Mad. DE PERANVAL.

Non; mais qui fera environné d'autres Jardins.

M. DE CLERA.

Ah! fort bien! & vous aurez de la vue, fans doute?

Mad. DE PERANVAL.

Mais, non; parcequ'il y a des Maifons au-delà des Jardins voifins.

M. DE CLERA.

Cela n'y fait rien, ce fera toujours une habitation charmante!

Mad. DE PERANVAL.

Et très-commode.

M. DE CLERA.

C'eft ce qu'il faut.

Mad. DE LEZI.

Serez-vous bien logée, vous, Madame ?

Mad. DE PERANVAL.

Mais oui ; c'est moi qui diftribuerai ma maison, elle fera comme je la voudrai.

Mad. DE LEZI.

On peut bien s'en rapporter à vous.

M. DE CLERA.

Madame, je vous prie de m'aider à empêcher ma nièce de faire une chofe ridicule dans fa pofition.

Mad. DE PERANVAL.

Qu'eft-ce que c'eft donc ?

M. DE CLERA.

Elle a plufieurs de fes amies qui veulent aller entendre un Prédicateur, qui a la plus grande célébrité, & s'expofer à être foulée, froiffée...

Mad. DE PERANVAL.

Eft-ce que vous êtes devenue dévote ?

Mad. DE LEZI.

Non, mais ce Prédicateur eſt fort à la mode,
il faut l'avoir entendu ; vous le connoiſſez, c'eſt
un homme de beaucoup d'eſprit, l'Abbé de.....
ſon nom n'y fait rien ; tout le monde y ſera.

M. DE CLERA.

Mais, tout le monde ne nourrit pas, il faut
être raiſonnable.

Mad. DE LEZI.

Avant d'aller au Sermon, il y aura un déjeûner
à l'angloiſe, délicieux ; je ne veux pas y manquer.

Mad. DE PERANVAL.

Eh bien ; allez au déjeûner, & n'allez point au
Sermon

M. DE CLERA.

Mais, Madame, vous ſavez ce que ſont ces déjeû-
ners-là ; en conſcience, devroit-elle en être ? Qu'elle
attende encore, pour faire de pareilles folies.

Mad. DE LEZI.

En vérité, mon oncle.....

M. DE CLERA.

Allons, mon enfant, pour l'amour de moi, pour celui de votre fils, facrifiez-nous ces deux chofes-là.

Mad. DE LEZI.

Je ne vous facrifierai pas le déjeûner de la Foire, toujours.

Mad. DE PERANVAL.

Et quel eft ce déjeûner ?

Mad. DE LEZI.

Un déjeûner-dîner, pour aller voir enfuite les animaux, les machines, enfin tout ce qu'il y a de curieux à la Foire, & nous finirons par les petits Spectacles.

M. DE CLERA.

Et vous aurez chaud, froid ; vous vous enrhumerez, & vous ferez obligée de garder votre chambre long-tems.

Mad. DE LEZI.

Oh! que non, avec des foins.....

M. DE CLERA.

Oui, vous en êtes fort capable.

Mad. DE LÉZI.

Eh bien, venez avec nous, & vous verrez.

M. DE CLERA.

Je ne fuis ni affez jeune, ni d'une affez bonne fanté, pour hafarder de pareilles chofes.

Mad. DE PERANVAL.

Vous avez raifon, Monfieur de Clera ; il faut prêcher d'exemple & fe conferver.

SCÈNE VIII.

Mᵐᵉ. DE PERANVAL, Mᵐᵉ. DE LEZI,
M. DE CLERA, LA MARQUISE, LABRIE.

LABRIE.

Madame la Marquise de Bellerive.

Mad. DE PERANVAL.

Madame, je vous croyois à Versailles.

LA MARQUISE.

Mesdames, voulez-vous bien..... (*Elles s'af-
seyent.*) Je suis revenue Dimanche.

Mad. DE PERANVAL.

On m'avoit dit, à votre porte, qu'on ne
savoit pas quand vous reviendriez, sans quoi
j'aurois été vous chercher.

LA MARQUISE.

C'est qu'il y a eu des Fêtes qu'on m'a forcée
de voir, des Spectacles.....

Mad. DE PERANVAL.

Tout cela a-t'il réuffi ?

LA MARQUISE.

Mais, oui; il y a eu des chofes qui n'étoient
pas mal.

Mad. DE PERANVAL.

Des chofes nouvelles ?

LA MARQUISE.

Oh! non; elles font neuves, mais fans être nouvelles; on ne varie guères, & l'on n'imagine point.

M. DE CLERA.

Vous avez dû trouver le tems bien mal-fain,
depuis plufieurs jours, Madame la Marquife ?

LA MARQUISE.

Dites depuis long-tems; on m'a dit qu'il alloit
changer, & ce foir, il fait le plus beau clair de
lune du monde.

Mad. DE PERANVAL.

Ah! j'en fuis bien aife; car les Gens de la Campagne difoient, que fi le tems continuoit d'être le
même, on ne pourroit pas faire les Mars.

Mad.

Mad. DE LEZI.

Qu'eſt·ce que c'eſt que faire les Mars, mon oncle ?

M. DE CLERA.

C'eſt ſemer les orges, les avoines.

Mad. DE LEZI.

Pour les avoines, cela ne me fait rien ; c'eſt bon pour les chevaux.

M. DE CLERA.

Vous verrez qu'il ne faut pas les nourrir.

Mad. DE LEZI.

Pardonnez-moi, je le veux bien ; mais ce n'eſt pas moi, je dis, qui paye tout cela.

LA MARQUISE.

Il paroît, Madame, que c'eſt Monſieur votre oncle qui nourrit vos chevaux ?

Mad. DE LEZI.

Oui, Madame ; il a cette bonté-là.

A a

M. DE CLERA.

Et elle croit que quand ils font chers à nourrir, il ne lui en coûte pas davantage.

Mad. DE PERANVAL.

C'eft que Madame ne penfe pas, que tout ce qui vient à Paris pour notre ufage, nous eft apporté par des voitures, qui font tirées par des chevaux.

Mad. DE LEZI.

Je vous demande pardon, Madame, je vois même tous les jours, en allant ou en revenant du Bois de Boulogne, des batteaux tirés par des chevaux.

M. DE CLERA.

Cela fait que les denrées font plus chères, puif-que la nourriture des chevaux eft augmentée.

Mad. DE LEZI.

Oh! mais, je n'achette point de denrées, moi, mon oncle; vous le favez bien.

M. DE CLERA.

Ce que je fais, c'eft qu'il faut que je vous en-mène; il eft tard, pour ce que nous avons à faire encore aujourd'hui.

Mad. DE LEZI.

Madame, vous ne voudriez pas être de notre partie de la Foire ?

Mad. DE PERANVAL.

Non, Madame ; je ne le puis pas, & j'espère que Monsieur de Clera vous en dégoûtera.

Mad. DE LEZI.

Où voullez-vous aller, Madame ?

Mad. DE PERANVAL.

Allons, je vous laisse. Monsieur de Clera, je vous recommande cette Dame-là.

M. DE CLERA.

Laissez, laissez-moi faire.

SCÈNE IX.

LA MARQUISE, Mme. DE PERANVAL.

LA MARQUISE.

QU'EST-CE que c'eſt que cette petite perſonne-là, Madame ?

Mad. DE PERANVAL.

C'en Madame de Lezy ; un enfant gâté, comme vous le voyez, qui a épouſé un Capitaine de Vaiſſeau.

LA MARQUISE.

Et l'oncle ?

Mad. DE PERANVAL.

Monſieur de Clera ; c'eſt un Gentilhomme de Province, qui eſt devenu riche par un frère de ſa mère, qui étoit dans le commerce. Il s'eſt établi à Paris, pour marier ſa nièce, qui n'avoit rien du tout.

LA MARQUISE.

Il paroît un bon homme, aſſez ſenſé.

Mad. DE PERANVAL.

Il a eu le bon efprit, en s'établiffant ici, de ne
jamais vouloir fe faire appeler Monfieur le Comte,
ni Monfieur le Marquis : on lui en a parlé, il
a répondu qu'il n'y en avoit jamais eu dans fa
famille.

LA MARQUISE.

Je le révère beaucoup, d'avoir une façon de penfer
fi fage.

Mad. DE PERANVAL.

Oui, car elle n'eft pas commune ; tout le monde
eft de qualité, à préfent.

LA MARQUISE.

C'eft qu'il n'y a rien de fi aifé. Ce font les Crieurs
des portes des Spectacles qui vous qualifient ; d'abord
on eft étonné de les entendre, enfuite on en rit,
& puis on finit par s'y accoutumer.

Mad. DE PERANVAL.

Il y a beaucoup de gens qui n'ont pas d'autres
titres de nobleffe.

LA MARQUISE.

Auffi, tel eft homme de qualité dans le marais,

A a 3

qui n'eſt pas même Gentilhomme au fauxbourg Saint Germain.

Mad. DE PERANVAL.

Cela doit vous faire pitié, à vous, Madame la Marquiſe.

LA MARQUISE.

Mais, non; ces gens-là ſont heureux de leurs prétendues qualités, ſur-tout vis-à-vis de leurs égaux; mais ce qu'il y a de plaiſant, c'eſt de les voir quelquefois à la Cour, où ils ne ſont ſouvent connus de perſonne.

Mad. DE PERANVAL.

L'éclat emprunté n'y brille pas ſouvent.

LA MARQUISE.

Nous nous ſommes bien amuſés, les dernières grandes fêtes qu'il y eût à Verſailles, à lire toute une ſoirée, les noms avec les titres des gens de Paris, qui demandoient des billets.

Mad. DE PERANVAL.

Mais, vous aurez le même plaiſir, quand vous voudrez lire l'Almanach des Adreſſes.

LA MARQUISE.

Je ne le connois pas.

Mad. DE PERANVAL.

A propos de lire, Madame ; voudriez-vous entendre la lecture d'un Tragédie nouvelle ?

LA MARQUISE.

Ah ! mondieu non, je vous prie ; je ne puis pas souffrir ces lectures-là ! On m'a proposé vingt fois de m'amener de ces Messieurs ; mais il faut tant de soins avec eux ! Une table, des verres d'eau, du sucre, & puis envoyer le lendemain savoir de leurs nouvelles ; tout cela est à périr d'ennui ! Quand les pièces ont réussi, on les voit assez long-tems, soit à la Cour, soit à Paris, quand on a des loges ; cela ne finit plus !

Mad. DE PERANVAL.

Madame, gardez-vous la loge que vous avez à la Comédie Italienne ?

LA MARQUISE.

Je le voudrois bien, parce qu'elle est auprès de la vôtre ; mais si vous en changez, je quitterai la mienne.

Mad. DE PERANVAL.

Cela eft fort honnête ; c'eft qu'il y en a une entière qui va être vacante à Pâques ; on me l'a offerte, elle eft très-bonne, je la prendrois, ma fœur en prendra un quart.....

LA MARQUISE.

J'en prendrai bien un auffi.

Mad. DE PERANVAL.

Et pour l'autre ?....

LA MARQUISE.

Je me charge de le remplir.

Mad. DE PERANVAL.

En ce cas, je vais la retenir. Nous pourrions, fi cela vous convenoit, nous arranger pendant vos femaines.

LA MARQUISE.

De tout mon cœur.

Mad. DE PERANVAL.

Ce feroit pour mon autre fœur.

LA MARQUISE.

La femme du Préfident à Mortier ?

Mad. DE PERANVAL.

Elle-même.

LA MARQUISE.

C'eft une femme que j'aime beaucoup, qui a de l'efprit & qui a une fille charmante. Je les ai vu à bien des bals ce Carnaval.

Mad DE PERANVAL.

Elle a toutes fortes de talens, ma nièce.

LA MARQUISE.

Et elle fera fort riche ?

Mad. DE PERANVAL.

Sûrement, car elle eft fille unique.

LA MARQUISE.

Il me vient une idée ; mais il faut que vous me parliez vrai, & que vous vous rappelliez pour cela notre ancienne amitié du Couvent.

Mad. DE PERANVAL.

Je vous jure que je ne l'ai jamais oubliée.

LA MARQUISE.

Et moi, j'ai toujours regretté de ce que je ne vous voyois pas autant que je le defirois.

Mad. DE PERANVAL.

Il n'y a sûrement pas de notre faute.

LA MARQUISE.

Oh ! pous cela non ; mais nous pourrions nous lier plus que jamais.

Mad. DE PERANVAL.

Comment cela ?

LA MARQUISE.

J'ai une fille, que je marierai de bonne-heure ; c'est une affaire arrangée : je lui donnerai ma place à la Cour en la mariant, & par là je deviendrai entièrement libre ; alors je vous affure que je ne ferai occupée que de réparer tout le tems que j'ai perdu en étant éloignée de vous.

Mad. DE PERANVAL.

Je vous réponds, Madame, qu'il me feroit bien doux de former un pareil efpoir.

LA MARQUISE.

Rappellez-vous feulement que j'étois autrefois votre chère Adelaïde, & dites-moi naturellement fi vous approuvez le projet que je forme dans ce moment-ci.

Mad. DE PERANVAL,

Voyons ?

LA MARQUISE.

Vous connoiffez mon frère ?

Mad. DE PERANVAL.

Le Chevalier ?

LA MARQUISE.

Non, le Comte ?

Mad. DE PERANVAL.

Je ne l'ai jamais vu.

LA MARQUISE.

Sa figure eft fort bien ; il eft très-bien fait, il a

de l'efprit, il a un Régiment, il s'eft diftingué en Amérique & il eft en paffe d'aller au grand. Il eft vrai que fa fortune n'eft pas confidérable à préfent, mais il a les plus belles efpérances du monde : dites-moi, à préfent, s'il peut convenir au Pré-fident & à Madame votre fœur.

Mad. DE PERANVAL.

Je ne fais pas quels font leurs projets ; mais fi vous me chargez de leur en parler, je m'y employerai avec le plus grand plaifir.

LA MARQUISE.

Je ne vous en charge pas ; mais je vous en pric. Nous ne chicaneront point fur les conditions, quoique le père & la mère foient jeunes.

Mad. DE PERANVAL.

La dot de ma nièce fera confidérable.

LA MARQUISE.

Savez-vous à peu près ?

Mad. DE PERANVAL.

Mais, je crois environ cinq à fix cens mille francs.

LA MARQUISE.

Je vous dis, tout nous conviendra; c'eſt l'alliance que nous cherchons, & je ne connois pas
de gens plus honnêtes.

Mad. DE PERANVAL.

Je vous réponds que vous aurez bientôt de mes
nouvelles.

LA MARQUISE.

J'y compte, puiſque vous m'en aſſurez; mon
frère eſt mon meilleur ami; en épouſant votre
nièce, ſon bonheur cimentera l'union que, vous
& moi, nous allons former pour la vie. Voici du
monde, qui vous vient, je vous laiſſe.

Mad. DE PERANVAL.

C'eſt peut-être le Préſident.

LA MARQUISE.

Cela ſeroit d'un bon augure. Je m'enfuis.
Allons, laiſſez-moi donc.

SCÈNE X.

Mᵐᵉ. DE PERANVAL, LABRIE; LE PRÉSIDENT.

LABRIE.

Monsieur le Préfident de Norga.

Mad. DE PERANVAL.

Ah! Préfident, je fuis charmé de vous voir !

LE PRÉSIDENT.

Quelle eft cette Dame, qui vient de me faire une fi grande révérence ?

Mad. DE PERANVAL.

C'eft la Marquife de Bellerive.

LE PRÉSIDENT.

Eft-ce qu'elle a un procès, qu'elle eft fi honnête ?

Mad. DE PERANVAL.

Cela ne doit pas vous furprendre, elle fait le plus grand cas de vous.

LE PRÉSIDENT.

Elle a bien de la bonté.

Mad. DE PERANVAB.

J'ai à vous parler, à son sujet, de quelque chose qui nous intéresse fort tous les deux.

LE PRÉSIDENT.

Pour moi, je ne crois pas avoir aucun intérêt à démêler avec elle.

Mad. DE PERANVAL.

Elle est fort mon amie.

LE PRÉSIDENT.

A vous ?

Mad. DE PERANVAL.

Oui, depuis mon enfance ; nous avons été ensemble au Couvent.

LE PRÉSIDENT.

Je vous en fais mon compliment.

M. DE PERANVAL.

Elle a un frère qui est un homme du plus grand mérite, quoique jeune.

LE PRÉSIDENT.

Qu'eſt-ce qu'il eſt ?

Mad. DE PERANVAL.

Colonel ; il s'eſt fort diſtingué en Amérique.

LE PRESIDENT.

J'en ſuis fort aiſe.

Mad. DE PERANVAL.

C'eſt le Comte de Vermilly.

LE PRÉSIDENT.

Je le connois.

Mad. DE PERANVAL.

N'eſt-ce pas, qu'il eſt bien fait, & qu'il a le plus grand air, celui d'un homme de grande qualité ?

LE PRÉSIDENT.

Il paroît très-important, ſa politeſſe eſt dédaigneuſe, & ſon air eſt très-avantageux.

Mad. DE PERANVAL.

Il a peut-être la vue baſſe.

Le

LE PRÉSIDENT.

Je connois ces vues-là, nous en fommes en-
tourés ; ce font d'autres manières.

Mad. DE PERANVAL.

Vous vous prévenez fouvent, injuftement.

LE PRÉSIDENT.

Mais, non ; je vois affez que le premier
coup-d'œil trompe rarement ; que le jugement
qu'on peut porter d'un homme, la première fois
qu'on le voit, eft affez vrai, que c'eft en vain
qu'on s'en défend. Après une liaifon intime de
plufieurs années, fi on vient à rompre, on eft
forcé d'en revenir à cette décifion du premier
coup-d'œil, & l'on voit alors qu'elle eft plus jufte
qu'on ne le penfe ordinairement.

Mad. DE PERANVAL.

Je ne faurois croire cela.

LE PRÉSIDENT.

La Marquife, votre amie du Couvent, par exemple.....

B b

Mad. DE PERANVAL.

Eſt capable de l'amitié la plus tendre & la plus vraie.

LE PRÉSIDENT.

Eh bien, voilà ce que je ne crois pas. C'eſt une de ces femmes de la Cour, qui nous regardent, nous autres Gens de Robe, comme des petits Bourgeois, qui ne ſont pas dignes de les approcher; mais comme je ne vivrai point avec cette Dame-là, je ne ſerai pas expoſé aux impertinences dont je la crois capable.

Mad. DE PERANVAL.

Vous traitez bien mal une femme que je vous ai dit qui étoit de mes amies.

LE PRÉSIDENT.

Je crois qu'elle l'étoit au couvent; mais combien vous êtes-vous vues de fois, depuis que vous êtes dans le monde toutes les deux?

Mad. DE PERANVAL.

Pas tant que nous l'aurions voulu.

LE PRÉSIDENT.

Oüi, vous, qui avez couru après elle sans jamais pouvoir la trouver.

Mad. DE PERANVAL.

Elle m'a toujours rendu toutes mes vifites.

LE PRÉSIDENT.

Cela n'eft qu'une forme de politeffe, ou plutôt d'ufage; ce ne font pas là des preuves d'amitié. Mais fachons donc qu'elle eft cette grande affaire que nous pouvons avoir enfemble?

Mad. DE PERANVAL.

Quoi, vous ne la devinez pas?

LE PRÉSIDENT.

Nullement, je vous jure.

Mad. DE PERANVAL.

Je n'ofe plus vous en parler.

LE PRÉSIDENT.

C'eft que, fans doute, vous ne trouvez pas qu'elle en vaille la peine.

Mad. DE PERANVAL.

Au contraire, c'eft tout ce que je defire le plus; & fi cette affaire reuffi, elle fera le bonheur de ma vie.

Bb 2

LE PRÉSIDENT.

En ce cas, il faudra qu'il y ait de grands obſtacles, pour que je m'y refuſe.

Mad. DE PERANVAL.

Je retrouve bien là votre amitié pour moi.

LE PRÉSIDENT.

Expliquez-vous donc.

Mad. DE PERANVAL.

Quoi, réellement; vous n'avez pas entrevu que la Marquiſe deſire votre fille, pour le Comte ſon frère?

LE PRÉSIDENT.

J'étois trop loin de le penſer, pour en avoir ſeulement l'idée.

Mad. DE PERANVAL.

Le Comte eſt fait pour aspirer à tout.

LE PRÉSIDENT.

Il peut aspirer à tout ce qu'il voudra, mais il n'aura jamais ma fille.

Mad. DE PERANVAL.

Ah! mon cher frère!

LE PRÉSIDENT.

Non, ma chère sœur, je ne veux point d'alliance avec ces gens-là.

Mad. DE PERANVAL.

Mais, ces gens-là peuvent devenir Ducs, Maréchaux de France.

LE PRÉSIDENT.

Et celui que je leur préfère peut devenir Premier-Président, Chancelier de France, & il n'y en a pas plusieurs à la fois.

Mad. DE PERANVAL.

C'est une chimère, que cette espérance.

LE PRÉSIDENT.

Elle vaut mieux pour nous que les vôtres, & cette illustration lie à jamais une famille au lieu de la diviser.

Mad. D'E PERANVAL.

Vous destinez donc votre fille à un Président à mortier?

Bb 3

LE PRÉSIDENT.

Oui, Madame, & à un homme de mérite, qui, par son application, ses talens & sa droiture, peut aspirer aux plus grandes places de l'Etat.

Mad. DE PERANVAL.

Et si la brigue & la cabale l'en éloignent toujours ?

LE PRÉSIDENT.

Il aura le vœu public, il console de l'injustice.

Mad. DE PERANVAL.

Enfin, mon frère, réfléchissez à ma proposition, & si vous changez d'avis.....

LE PRÉSIDENT.

Je n'en changerai point.

Mad. DE PERANVAL.

Que voulez-vous que je dise à la Marquise ? Elle croira....

LE PRÉSIDENT.

Tout ce qu'elle voudra ; & pour que vous ne m'en parliez plus ; je m'en vais.

SCÈNE XI.

MME. DE PERANVAL, LE PRÉSIDENT, LE COMTE, LABRIE.

LABRIE.

Monsieur le Comte de Vermilly.

Mad. DE PERANVAL.

Ne vous en allez pas, je vous prie.

LE PRÉSIDENT.

Vous allez voir fi tout ce que je vous en ai dit n'eft pas vrai.

LE COMTE.

Madame, je vous demande bien pardon de me préfenter moi-même chez vous, comme cela fans en avoir la permiffion, mais je comptois trouver ici ma fœur, fans quoi je n'aurois jamais ofé y venir.

Mad. DE PERANVAL.

Monfieur le Comte, un homme comme vous, n'a pas befoin qu'on le préfente.

LE COMTE.

Mais, Madame, je vous en prie... Monsieur le Président, voulez-vous bien.....

Mad. DE PERANVAL.

Allons, Messieurs, point de cérémonies. — Elle fort d'ici, Madame la Marquise de Bellerive.

LE COMTE.

Elle se sera lassée de m'attendre, sans doute ; je n'ai pu arriver plutôt de Versailles. Nous avons eu une assemblée d'Officiers généraux, d'Inspecteurs & de Colonels, chez le Ministre, pour examiner les anciennes Ordonnances & en former de nouvelles.

Mad. DE PERANVAL.

Vous aviez sans doute donné des projets ; n'est-ce pas comme cela que cela s'appelle ?

LE COMTE.

Oui, Madame ; mais Monsieur le Président n'a pas besoin d'en rien entendre.

LE PRÉSIDENT.

Pourquoi donc, Monsieur ? tout ce qui intéresse l'Etat a toujours un rapport direct avec nous.

LE COMTE.

Cela peut être, Monsieur, pour les Finances, les Impositions, les Édits, sur quoi vous faites des remontrances.

LE PRESIDENT.

Quand nous les croyons néceſſaires, pour le bien de la patrie.

LE COMTE.

Oui, Monſieur, vous dites fort bien, vous la ſervez dans votre état, comme nous dans le nôtre. Nous défendons les foyers des Citoyens l'épée à la main; vous leur conſervez leurs biens avec celle de la Juſtice.

LE PRÉSIDENT.

Nous faiſons obſerver les Loix.

LE COMTE.

Nous, nous ſuivons celles de la Guerre; tout cela eſt égal.

Mad. DE PERANVAL.

Préſident, Monſieur le Comte connoît bien le mérite de tous les états.

LE COMTE.

Madame, je respecte infiniment d'honnêtes Citoyens, comme ces Messieurs, qui sont assez riches
pour vivre tranquilles chez eux, & qui sacri-
fient leurs veilles & leur santé à l'utilité publique :
ils sont toujours armés pour entretenir la paix
intérieure du Royaume, pour punir le crime &
protéger la vertu. C'est fort beau, très-beau :
C'est le *nec plus ultrà* du mérite.

LE PRÉSIDENT.

Il n'y en a point à faire son devoir.

LE COMTE.

Sans difficulté, mais.....

LE PRÉSIDENT.

Les louanges, en pareil cas, sont superflues.

LE COMTE.

Il est vrai que ce ne sont pas des louanges qu'il
vous faudroit, mais des graces ; je le disois encore
l'autre jour à la chasse du Roi.

LE PRÉSIDENT.

Monsieur, nous faisons le bien sans intérêt.

LE COMTE.

Sûrement ; je le fais, vous êtes au-deſſus de cela ; mais il me ſemble qu'on devroit au moins vous voir à la Cour, comme tous ceux qui ſervent l'État.

LE PRÉSIDENT.

Ce n'eſt pas en faiſant notre cour que nous le ſervirions.

LE COMTE.

Pardonnez-moi, Monſieur, ſi vous y étiez ſuivant le rang que vous y devriez avoir, vous ſeriez à portée d'y répandre des lumières..... Vous m'entendez bien, là.......

LE PRÉSIDENT.

Et l'ambition nous aveugleroit, comme tous ceux qu'elle y fixe.

LE COMTE.

Oui, l'ambition, comme vous dites, peut dé-tourner du devoir, mais avec les ſages elle auroit bien peu de priſes.

LE PRÉSIDENT.

Les gens ſages, ne ſont pas faits pour vivre avec les Courtiſans.

LE COMTE.

Oui ; mais les Courtifans fenfés doivent les re-
chercher.

LE PRÉSIDENT.

Moi, je crois les chofes fort bien comme elles
font, & il faut toujours partir du point où l'on eft.

LE COMTE.

Vous avez raifon ; mais je dis......

LE PRÉSIDENT.

Ni vous ni moi, nous ne changerons rien à
tout ce qui fe paffe ; ainfi tout ce que nous dirions
là deffus eft, pour le moins, inutile.

LE COMTE.

Non pas ce que vous diriez, Monfieur le Pré
fident.

LE PRÉSIDENT.

Je ne m'abufe point, Monfieur, & pour n'en
pas dire d'avantage, je me retire.

Mad. DE PERANVAL.

Mais, Préfident.....

LE PRÉSIDENT.

J'ai un rendez-vous d'affaires chez moi, bien plus essentiel.

Mad. DE PERANVAL.

Vous vous en allez, absolument.

LE PRÉSIDENT.

Oui, Madame, je ne puis rester un instant de plus.

SCÈNE XII.

Mᵐᵉ. DE PERANVAL, LE COMTE.

LE COMTE.

Il est sévère, Madame, le Président du Norga.

Mad. DE PERANVAL.

Quelquefois ; il faut qu'il aie, comme il nous l'a dit, une affaire essentielle dans la tête.

LE COMTE.

Ma foi, j'ai fais de mon mieux pour lui plaire ; je crains qu'il ne soit difficile d'y parvenir ; cependant j'ai fait tous les efforts dont je suis capable, je ne sais plus comment m'y prendre : ma sœur m'a dit qu'elle vous avoit laissée avec lui, & j'ai voulu qu'il pût me connoître, afin de le décider en ma faveur.

Mad. DE PERANVAL.

Vous vous êtes conduit à merveille.

LE COMTE.

Je suis charmé que vous soyez contente de moi

Mad. DE PERANVAL.

Il faut que je parle à la Préfidente, elle a du pouvoir fur fon mari, elle feule pourra nous faire réuffir.

LE COMTE.

Elle doit être fort bien, Madame votre fœur.

Mad. DE PERANVAL.

Vous pourriez la voir ; elle va venir me prendre pour faire enfemble quelques vifites, & aller fouper dans la même maifon.

LE COMTE.

Je ferai fort aife, fi vous voulez bien me faire l'honneur de me préfenter à elle.

Mad. DE PERANVAL,

Je crois que la voici.

SCÈNE XIII.

Mᴹᴱ. DE PERANVAL, LE COMTE, LA PRÉSIDENTE, LABRIE.

LABRIE.

Madame la Préſidente du Norga.

LA PRÉSIDENTE.

Ma ſœur, je vous ai fait attendre; mais ce n'eſt pas ma faute.

Mad. DE PERANVAL.

Ma ſœur, voilà Monſieur le Comte de Vermilly.

LA PRÉSIDENTE.

Monſieur eſt, je crois, frère de Madame la Marquiſe de Bellerive ?

LE COMTE.

Oui, Madame ; & l'amitié qui lie Madame votre ſœur & la mienne, ſeront pour moi, j'oſe l'eſpérer, des titres auprès de vous.

LA

LA PRÉSIDENTE.

Monfieur, je n'ai pas l'honneur de connoître Madame votre fœur; c'eft une Dame de la Cour, & à qui il doit refter bien peu de tems pour voir des perfonnes comme nous.

LE COMTE.

On en trouve toujours pour celles à qui on voudroit bien convenir.

LA PRÉSIDENTE.

Et vous même, Monfieur, vous ne devez pas trop en avoir.

LE COMTE

Il eft vrai que les chaffes du Roi, fes foupers, le travail avec les Miniftres, m'occupent beaucoup; mais dès que je le puis, je reviens à Paris; c'eft l'affaire des chevaux, & dans ma voiture j'expédie bien des chofes; j'y travaille prefque autant que dans mon cabinet.

LA PRÉSIDENTE.

C'eft avoir une heureufe facilité !

LE COMTE.

La néceffité en fait contracter l'habitude, & me

laiſſe aſſez de tems pour voir à Paris mes connoiſſances & mes amis.

LA PRÉSIDENTE.

Ils doivent fort ſe reprocher celui qu'ils vous
dérobent.

LE COMTE.

Au contraire, Madame ; ils ſavent tous que je
me livre à eux avec plaiſir, & puis ils ſont indul-
gens ; il ne leur manque qu'une choſe, c'eſt de
vous reſſembler un peu plus, Madame la Préſidente.

LA PRÉSIDENTE.

A moi, Monſieur ?

LE COMTE.

Oui, Madame.

Mad. DE PERANVAL.

Il eſt très-aimable, au moins, ma ſœur, Monſieur le Comte.

LA PRÉSIDENTE.

Cela peut être ; mais je ne puis guères être
flattée de ce qu'il me loue autant, ſans me connoître davantage.

LE COMTE.

Madame, de beaux yeux, un enfemble de traits heureux & agréables, dévoilent toujours une ame fenfible, délicate & noble.

Mad. DE PERANVAL.

Je vous dis qu'il eft charmant, le Comte! mais c'eft Madame fa fœur, dont vous ferez enchantée, quand vous la connoîtrez.

LA PRÉSIDENTE.

Je ne vois rien qui puiffe me rapprocher d'elle.

Mad. DE PERANVAL.

C'eft que vous ne favez pas ce qui nous arrive.

LA PRÉSIDENTE.

Quoi donc ?

Mad. DE PERANVAL.

Nous allons avoir une loge, vous & moi, avec elle à la Comédie Italienne.

LA PRÉSIDENTE.

Mais, ma fœur, j'en viens de louer une avec des femmes qui font de mes amies & des vôtres depuis long-tems, & à qui je ne saurois manquer, je vous ai même engagée avec nous.

LE COMTE.

La Marquise va être désespérée de ce contre-tems.

Mad. DE PERANVAL.

Dites-lui, je vous prie, qu'il n'y a pas de ma faute.

LE COMTE.

Elle en sera bien persuadée.

Mad. DE PERANVAL.

Dites-lui aussi que je ne puis lui rendre encore de réponse de ce que nous avons parlé aujourd'hui.

LE COMTE.

Moi, je la crois déjà faite. Il me paroît fort difficile de plaire à votre famille, Madame.

Mad. DE PERANVAL.

Vous avez vu tout ce que j'ai fait pour cela.

LE COMTE.

J'en suis désespéré! Mesdames, j'ai l'honneur de vous saluer. (*Il sort, en chantant :* Lorsque je vous reçus dans ma Cour, &c.)

SCÈNE DERNIÈRE.

LA PRÉSIDENTE, Mme. DE PERANVAL.

LA PRÉSIDENTE.

MAIS dites-moi donc, ma sœur, à propos de quoi cet homme-là vient-il me flagorner & me tenir tous les propos qu'il m'a tenus ?

Mad. DE PERANVAL.

C'est le desir qu'il a de vous plaire, cela est tout simple.

LA PRÉSIDENTE.

Vous savez bien que je n'ai jamais reçu chez moi de ces sortes d'importans.

Mad. DE PERANVAL.

C'est un homme de qualité.

LA PRÉSIDENTE.

Oui, qui croiroit beaucoup m'honorer avec ses respectueux dédains.

Mad. DE PERANVAL.

Il n'eſt pas dédaigneux.

LA PRÉSIDENTE.

Pas plus que ſa ſœur.

Mad. DE PERANVAL.

Que dites-vous de ſa ſœur ! on ne peut pas être plus aimable qu'elle l'eſt !

LA PRÉSIDENTE.

Je l'ai entendue à Verſailles, dans la Gallerie, un jour qu'il y avoit une fête ; j'étois avec ma belle-ſœur & ſa nièce, qui avoient été préſentées huit jours auparavant. On lui demanda qui nous étions : ce ſont des femmes de Paris, répondit-elle, en nous regardant dédaigneuſement.

Mad. DE PERANVAL.

C'eſt le ton de Verſailles, voilà ce qu'on y dit de toutes les femmes de qualité qui n'ont pas de charges à la Cour.

LA PRÉSIDENTE.

Et vous croyez que je chercherai à me lier avec cette femme-là ?

Mad. DE PERANVAL.

Je me flattois qu'en raison de son amitié pour moi.....

LA PRÉSIDENTE.

Mais elle n'est point votre amie, & elle ne le sera jamais, croyez cela, & vous ne devez avoir aucun intérêt à vous lier avec elle : moi, je ne veux vivre qu'avec des gens qui s'honorent de mon amitié.

Mad. DE PERANVAL.

Je ne saurois penser aussi mal de la Marquise.

LA PRÉSIDENTE.

Je ne comprends pas les raisons que vous pouvez avoir de croire à la sienne.

Mad. DE PERANVAL.

Je vous le dirai en chemin, partons.

LA PRÉSIDENTE.

Oui, car il est déjà tard; je crois qu'il pleut à verse.

Mad. DE PERANVAL.

Oui, vraiment; on disoit que le tems étoit changé.

LA PRÉSIDENTE.

Cela ne fait rien. Allons, allons nous-en.

Mad. DE PERANVAL.

J'en suis seulement fâchée, pour nos Gens.

Fin de la cinquième Journée.

LA PARTIE

DE

LONGCHAMPS.

SIXIÈME JOURNÉE.

PERSONNAGES.

M. DE SAINT-YARD.

MME. DE SAINT-YARD.

MME. DE GUERVILLE.

L'ABBÉ DORMANT.

LE CHEVALIER DE LANVAL.

LA COMTESSE DE VILLEPART.

LA BARONNE DE LORBECK.

LE PRÉSIDENT D'ORMENTRÉ.

LEBLANC, Valet-de-Chambre de Mme. DE SAINT-YARD.

La Scène est chez Madame de Saint-Yard.

LA PARTIE DE LONGCHAMPS.
SIXIÈME JOURNÉE.

SCÈNE PREMIÈRE.

M. DE SAINT-YARD, Mᵐᵉ. DE SAINT-YARD.

M. DE SAINT-YARD.

JE vous affure, Madame, que vous aurez aujour-
d'hui le plus vilain tems du monde, & en même-
tems le plus mal-fain.

Mad. DE SAINT-YARD.

Cela ne me fait rien du tout.

M. DE SAINT-YARD.

Vous avez tort. Je vous foutiens que lorfqu'on

Dd 2

prend du lait, parce qu'on a mal à la poitrine ; il ne faut pas s'expofer à l'humidité.....

Mad. DE SAINT-YARD.

Je ne vois pas pourquoi vous voulez toujours que j'aye mal à la poitrine ?

M. DE SAINT-YARD.

Je ne fais que ce que le Docteur m'a dit.

Mad. DE SAINT-YARD.

Il vous dit ce que vous voulez ; parce qu'il fait que c'eft votre fantaifie.

M. DE SAINT-YARD.

Mais ce lait qu'il vous ordonne ?

Mad. DE SAINT-YARD.

C'eft pour fortifier mon eftomach.

M. DE SAINT-YARD.

Quoi ! lorfque vous touffez auffi long-tems.....

Mad. DE SAINT-YARD.

Cela vient de mes mauvaifes digeftions ; ainfi vous voyez bien que l'humidité n'y peut rien faire.

M. DE SAINT-YARD.

Quel agrément vous promettez-vous de vous promener par la pluie, que comptez-vous voir de curieux à Longchamps par un tems pareil ?

Mad. DE SAINT-YARD.

J'y verrai beaucoup de monde de connoiffance, en un mot, tout Paris qui y fera, & ce feroit me contrarier beaucoup, que de vouloir m'empêcher d'y aller.

M. DE SAINT-YARD.

Je n'en ai point d'envie du tout ; je vous parle feulement raifon.

Mad. DE SAINT-YARD.

D'ailleurs, ce n'eft pas avec vos chevaux que j'y vais.

M. DE SAINT-YARD.

Je le crois ; vous ne les trouvez pas affez beaux, & j'en fuis fort aife.

Mad. DE SAINT-YARD.

Vous êtes fort aife qu'ils ne foient pas plus beaux ; cela vous fait beaucoup d'honneur.

M. DE SAINT-YARD.

Ils font bons ; voilà l'effentiel : vous fortez avec

tant que vous le voulez, & je ne vous reproche
ni toutes vos courſes, ni le tems qu'ils attendent
aux Spectacles; je crois que vous devez être contente.

Mad. DE SAINT-YARD.

Mais, Madame de Rivaldiere a des chevaux
qui font la même choſe que les miens.

M. DE SAINT-YARD.

Et combien dureront-ils?

Mad. DE SAINT-YARD.

Ce n'eſt pas l'affaire des femmes, de s'occuper
de cela.

M. DE SAINT-YARD.

C'eſt donc celle des maris.

Mad. DE SAINT-YARD.

Ah! je vous prie, Monſieur, n'en parlons pas
d'avantage, car cela m'excède.

M. DE SAINT-YARD.

Comme vous le voudrez.

SCÈNE II.

MME. DE GUERVILLE, M. DE SAINT-YARD; MME. DE SAINT-YARD, LEBLANC.

LEBLANC.

MADAME de Guerville.

Mad. DE SAINT-YARD.

Quoi, Madame, vous n'êtes pas encore partie pour Longchamps ?

Mad. DE GUERVILLE.

Non, Madame ; je comptois fur Madame de Villerare ; vous ne favez pas ce qui lui arrive ?

Mad. DE SAINT-YARD.

Quoi donc ?

Mad. DE GUERVILLE.

Sa mère eft tombée malade hier au foir, & aujourd'hui cela eft très-férieux, elle ne peut pas la quitter.

D d 4

Mad. DE SAINT-YARD.

Je la plains beaucoup ; c'eſt éprouver une grande contrariété !

Mad. DE GUERVILLE.

Cela eſt affreux ! ſur-tout pour elle, qui n'a encore jamais été à Longchamps depuis qu'elle eſt mariée.

M. DE SAINT-YARD.

Il n'y fera pas beau aujourd'hui.

Mad. DE GUERVILLE.

Et, qui vous fait donc croire cela, Monſieur de Saint-Yard ?

Mad. DE SAINT-YARD.

Le tems qu'il fait : eſt-ce qu'il ne pleut pas à verſe ?

Mad. DE GUERVILLE.

Bon ! ce ne ſera rien. Ah ! ça, mon cœur, je venois vous propoſer d'y venir avec nous.

Mad. DE SAINT-YARD.

Monſieur trouve que je ſerai très-mal d'y aller.

Mad. DE GUERVILLE.

Ah ! c'est barbare à vous, Monsieur de Saint-Yard : vous n'êtes pas contrariant ordinairement.

M. DE SAINT-YARD.

Ce n'est qu'une réflexion que je voulois lui faire faire.

Mad. DE SAINT-YARD.

Cela ne m'empêchera pas d'y aller.

Mad. DE GUERVILLE.

Eh bien, ne perdons pas de tems ; allons, partons.

Mad. DE SAINT-YARD.

J'y vais avec Madame de la Maltiere.

Mad. DE GUERVILLE.

Ah ! vous avez raison, son attelage est plus beau que le mien.

Mad. DE SAINT-YARD.

Ce n'est pas cela ; c'est que notre partie est faite depuis long-tems.

Mad. DE GUERVILLE.

Je vous dis, vous avez raison; il faut toujours aller avec les personnes que l'on aime le mieux.

Mad. DE SAINT-YARD.

En vérité, cela est bien mal à vous, de me dire de pareilles choses!

Mad. DE GUERVILLE.

Allons, mon cœur, ne vous fâchez pas.

Mad. DE SAINT-YARD.

Viendrez-vous demain passer la soirée avec nous?

Mad. DE GUERVILLE.

Sûrement; je ne demande pas mieux.

Mad. DE SAINT-YARD.

C'est à cette condition que je vous pardonne.

Mad. DE GUERVILLE.

Vous êtes charmante! Monsieur de Saint-Yard, vous ne voudriez pas venir avec nous?

M. DE SAINT-YARD.

Je vous demande pardon, Madame, j'irai très-volontiers.

Mad. DE SAINT-YARD.

Mais, Monsieur, vous allez vous enrhumer.

M. DE SAINT-YARD.

Je n'ai rien à craindre, moi.

Mad. DE SAINT-YARD.

En vérité, vous n'avez pas assez de soins de votre santé.

Mad. DE GUERVILLE.

Vous n'êtes pas malade, Monsieur de Saint-Yard?

M. DE SAINT-YARD.

Non, vraiment.

Mad. DE GUERVILLE.

Qu'est-ce que c'est donc qu'elle dit?

M. DE SAINT-YARD.

Elle se moque de moi; mais nous verrons ce soir, comme elle se trouvera de son imprudence.

Mad. DE GUERVILLE.

Adieu, mon cœur.

Mad. DE SAINT-YARD.

Adieu, adieu, à demain. Monſieur de Saint-Yard, envoyez-moi Leblanc.

M. DE SAINT-YARD.

Oui, oui.

SCENE III.

Mᵐᵉ. DE SAINT-YARD, L'ABBÉ, LEBLANC.

Mad. DE SAINT-YARD.

Madame de la Maltiere ne vient pas; envoyez chez elle, ſavoir ſi elle m'attend.

LEBLANC.

Oui, Madame. Monſieur l'Abbé Dormant.

Mad. DE SAINT-YARD.

Ah! l'Abbé, je meurs de peur que vous ne veniez pour dîner avec moi.

L'ABBÉ.

Non, non, Madame.

Mad. DE SAINT-YARD.

C'eſt que je vais à Longchamps, & que j'ai dîné de bonne-heure, pour être plutôt prête.

L'ABBÉ.

Moi, ces jours-ci, j'ai coutume de dîner chez moi.

Mad. DE SAINT-YARD.

Pourquoi cela ?

L'ABBÉ.

C'eſt que je ne prends pas mon chocolat, & que je ſuis obligé de dîner à midi.

Mad. DE SAINT-YARD.

Je vous croyois, dans ce tems-ci, à votre Abbaye ?

L'ABBÉ.

Ordinairement, je laiſſe toujours paſſer cette quinzaine.

Mad. DE SAINT-YARD.

Oui ?

L'ABBÉ.

Sans doute, à cauſe de toutes les cérémonies, qui ſeroient un peu trop fatiguantes pour moi.

Mad. DE SAINT-YARD.

Vous avez raison, ici vous ne faites que ce que vous voulez.

L'ABBÉ.

C'est cela, & avec ma santé.....

Mad. DE SAINT-YARD.

Elle n'est pas trop mauvaise, cette année.

L'ABBÉ.

Parce que j'en prends soin ; mais le moindre excès ou la moindre fatigue la dérangeroit.

Mad. DE SAINT-YARD.

Vous jouez cependant assez tard.

L'ABBÉ.

Quand on est assis, cela ne fait rien ; pour le sommeil, on le répare en ne se levant pas le lendemain de bonne-heure : & puis moi, ce n'est pas par goût, tout ce que je fais.

Mad. DE SAINT-YARD.

Non ?

L'ABBÉ.

Ce n'est que par complaisance.

Mad. DE SAINT-YARD.

Madame de Mirvan doit vous fatiguer beaucoup?

L'ABBÉ.

Non, non.

Mad. DE SAINT-YARD.

Elle eſt extrêmement capricieuſe.

L'ABBÉ.

Pas avec moi ; il eſt vrai qu'elle m'a de grandes obligations.

Mad. DE SAINT-YARD.

Vous ne m'avez jamais dit cela.

L'ABBÉ.

Eſt-ce qu'elle n'a pas été toute prête à ſe rendre aux empreſſemens du Chevalier de Lanval, ainſi qu'aux attaques du Marquis de Perancourt.

Mad. DE SAINT-YARD.

Oui ?

L'ABBE.

Vous ſavez ce que ſont ces deux hommes-là ?

Mad. DE SAINT-YARD.

Je fais qu'ils font charmans!

L'ABBÉ.

Charmans, tant que vous voudrez; mais vous conviendrez bien que c'étoit cruellement s'afficher.

Mad. DE SAINT-YARD.

Il faut que vous ayez bien du pouvoir fur elle, pour l'y avoir fait rénoncer!

L'ABBÉ.

Non; mais je lui ai dit, fi vous avez de l'amitié pour moi, fi vous faites quelque cas de la mienne, vous aurez un jour du regret de m'avoir perdu.

Mad. DE SAINT-YARD.

Vous ne l'auriez plus revue?

L'ABBÉ.

Non, j'y étois très-déterminé; je fuis fort ami de fon mari, & il ne m'auroit pas convenu d'être en fociété avec ces Meffieurs-là.

Mad. DE SAINT-YARD.

Je la trouve d'une grande douceur, & je ne conçois pas comment vous avez pu la perfuader.

L'ABBÉ.

L'ABBÉ.

En lui parlant raifon; elle entend très-bien tout ce qu'on lui dit.

Mad. DE SAINT-YARD.

Je lui croyois plus d'efprit que cela.

L'ABBÉ.

Elle en a infiniment.

Mad. DE SAINT-YARD.

Elle n'a donc pas de caractère ?

L'ABBÉ.

Qu'appellez-vous du caractère ?

Mad. DE SAINT-YARD.

Je veux dire qu'elle n'a pas de volonté décidée.

L'ABBÉ.

Je vous demande bien pardon.

Mad. DE SAINT-YARD.

Et comment me le prouverez-vous ?

E e

L'ABBÉ.

En vous difant qu'elle me fait faire tout ce qu'elle
veut.

Mad. DE SAINT-YARD.

C'eft-à-dire, que vous lui prêtez autant d'argent
qu'elle en defire.

L'ABBÉ.

Oui, mais elle me le rend exactement.

Mad. DE SAINT-YARD.

Je ne crois pas cela, & je vous réponds qu'à la
place de fon mari, je ferois jaloux de vous.

L'ABBÉ.

Il a bien d'autres affaires.

Mad. DE SAINT-YARD.

Ah! je le fais.

L'ABBÉ.

Il vouloit pourtant la faire aller à Longchamps
aujourd'hui.

Mad. DE SAINT-YARD.

Eh bien?

L'ABBÉ.

Je l'en ai empêchée.

Mad. DE SAINT-YARD.

Pourquoi donc cela ?

L'ABBÉ.

Parce qu'elle est très-enrhumée.

Mad. DE SAINT-YARD.

Mais vous êtes donc, pour elle, une espèce de mari ; ah ! que je n'aimerois pas cela !

L'ABBÉ.

Je ne la contrains pas.

Mad. DE SAINT-YARD.

Je parie que vous en êtes jaloux.

L'ABBÉ.

Voilà une bien mauvaise plaisanterie, que vous me faites-là.

Mad. DE SAINT-YARD.

Sonnez, je vous prie, l'Abbé. Je ne conçois pas pourquoi je n'ai pas de réponse de Madame de la Maltière. Eh bien, Leblanc ?

LEBLANC.

Madame, Poitevin n'est pas encore revenu.

Ee 2

Mad. DE SAINT-YARD.

Envoyez-y Lafrance.

L'ABBÉ.

Il fe fait déjà tard.

LEBLANC.

Monfieur le Chevalier de Lanval.

L'ABBÉ.

Je vais m'en aller.

Mad. DE SAINT-YARD.

Il croira que vous le craignez.

L'ABBÉ.

Mais, Madame.....

Mad. DE SAINT-YARD.

Je veux abfolument que vous reftiez.

SCENE IV.

Mme. DE SAINT-YARD, LE CHEVALIER, L'ABBÉ.

Mad. DE SAINT-YARD.

ET par quelle aventure, Monſieur le Chevalier, un jour comme aujourd'hui !

LE CHEVALIER.

Tous les jours ſont égaux, Madame, quand il eſt queſtion de venir vous chercher ; mais je ſuis plus heureux que je ne le croyois, je n'eſpérois pas de vous trouver.

Mad. DE SAINT-YARD.

Je ne devrois pas être encore chez moi.

LE CHEVALIER.

Ah ! Monſieur l'Abbé Dormant eſt ici, je parie que c'eſt lui qui vous y retient ; car il a le talent de faire des femmes tout ce qu'il veut.

E e 3

Mad. DE SAINT-YARD.

Non, je vous jure que ce n'est pas lui.

LE CHEVALIER.

Je sais pourtant qu'il n'aime pas que les femmes aillent à Longchamps.

Mad. DE SAINT-YARD.

Vous le croyez ?

LE CHEVALIER.

J'en suis sûr, & vous allez me prouver tout-à-l'heure si j'ai tort de le croire.

Mad. DE SAINT-YARD.

Moi ?

LE CHEVALIER.

Oui, vous.

Mad. DE SAINT-YARD.

Et comment cela ?

LE CHEVALIER.

Le voici : Madame de Cleranfort devoit aller à Longchamps aujourd'hui, avec Madame de Mirvan.

Mad. DE SAINT-YARD.

Madame de Mirvan !

LE CHEVALIER.

Cela vous étonne, Madame de Mirvan : mais cela eſt vrai. A peine les ſix chevaux de Madame de Cleranfort, qui ſont ſuperbes, ſont enruban-nés & attelés, & du meilleur goût ! qu'on vient lui dire que ſa fille, qui eſt au Couvent, a la petite vérole ; par conſéquent impoſſible d'aller à Long-champs ; mais elle a l'honnêteté d'envoyer ſa voi-ture à Madame de Mirvan.

Mad. DE SAINT-YARD.

Qui n'a point de femme pour aller avec elle ?

LE CHEVALIER.

Non, elle n'a que le Marquis de Perancourt & moi.

Mad. DE SAINT-YARD.

Je ſuis déſeſpérée d'être engagée.

LE CHEVALIER.

Quoi, réellement vous l'êtes ?

Ee 4

Mad. DE SAINT-YARD.

C'eſt une partie arrangée du commencement du Carême, avec Madame de la Maltière.

LE CHEVALIER.

Ses chevaux ſont encore plus beaux que ceux de Mame de Cleranfort.

Mad. DE SAINT-YARD.

Vrai ?

LE CHEVALIER.

J'en ſuis ſûr. Madame de Mirvan va être déſeſpérée.

Mad. DE SAINT-YARD.

Mais, vous avez une reſſource, ſi vous ne pouvez pas trouver de femme.

LE CHEVALIER.

Laquelle donc ?

Mad. DE SAINT-YARD.

Prenez l'Abbé Dormant.

L'ABBÉ.

Moi ?

LE CHEVALIER.

Vous avez raifon ; c'eft le plus grand ami du mari & de la femme, on trouvera cela tout fimple.

Mad. DE SAINT-YARD.

Allons, l'Abbé, allez donc.

L'ABBÉ.

Je ne penfe pas que je m'en avife.

LE CHEVALIER.

Pourquoi donc? Vous aimez Madame de Mirvan, vous pouvez bien lui rendre ce fervice-là.

L'ABBÉ.

Je ne crois pas que cela en foit un* au contraire.

Mad. DE SAINT-YARD.

En vérité, je fuis au défefpoir de ne pas pouvoir aller avec elle.

LE CHEVALIER.

Il faudra donc renvoyer les chevaux : je n'oferai jamais lui dire le mauvais fuccès de ma négociation.

Mad. DE SAINT-YARD.

Eh bien, Leblanc, point de nouvelles encore?

LEBLANC.

Non, Madame.

Mad. DE SAINT-YARD.

Envoyez-y Joseph.

LEBLANC.

Tout à l'heure.

SCÈNE V.

LA COMTESSE, Mᵐᵉ. DE SAINT-YARD, LE CHEVALIER, L'ABBÉ, LEBLANC.

LEBLANC.

MADAME la Comtesse de Villepart.

Mad. DE SAINT-YARD.

Attendez un moment, Chevalier.

LE CHEVALIER.

Que voulez-vous faire?

Mad. DE SAINT-YARD.

Vous allez voir. L'Abbé, reſtez.

LA COMTESSE.

Vous devez être étonnée de me voir, Madame ;
un jour comme aujourd'hui ; mais il m'a paſſé par
la tête que je vous trouverois chez vous.

Mad. DE SAINT-YARD.

Et vous avez bien deviné.

LA COMTESSE.

Et comment avez-vous le Chevalier ici ?

Mad. DE SAINT-YARD.

Il n'y ſera pas encore long-tems.

LE CHEVALIER.

Non ; car j'allois ſortir quand on vous a annoncé.

Mad. DE SAINT-YARD.

Comment n'êtes-vous pas à Longchamps aujourd'hui, Madame ?

LA COMTESSE.

Je ne ſais, je me ſuis mal arrangée ; j'ai cru

qu'il feroit trop vilain, & voilà que le tems s'éclaircit à préfent; cela me fàche, car je viens d'aprendre qn'il y aura des attelages fuperbes.

LE CHEVALIER.

Oui; car on ne parle plus des voitures actuellement, fi elles ne font à l'angloife.

Mad. DE SAINT-YARD.

Et avez-vous bien du regret de n'y être pas allée.

LA COMTESSE.

Sûrement; car je venois vous propofer de nous bien encapuchonner, & d'y aller tout fimplement avec nos chevaux.

Mad. DE SAINT-YARD.

Je ferois volontiers cette partie; mais je fuis engagée, & l'on va venir me prendre à l'inftant.

LE CHEVALIER.

Madame de Saint-Yard, Madame la Comteffe connoît-elle Madame de Mirvan?

LA COMTESSE.

Comment, fi je la connois? Beaucoup, & je l'aime fort.

LE CHEVALIER.

Eh bien, Madame, voilà une belle occasion d'aller à Longchamps.

Mad. DE SAINT-YARD.

Et que je vous conseille d'accepter, vous ne pouvez pas mieux faire.

LA COMTESSE.

Je ne vous comprends pas.

Mad. DE SAINT-YARD.

Je vais vous expliquer cela. Madame de Cleranfort devoit mener à Longchamps Madame de Mirvan, & ne pouvant pas y aller avec elle, elle lui a donné ses chevaux, & Madame de Mirvan ne peut pas y aller seule avec le Chevalier & le Marquis de Perancourt.

LA COMTESSE.

Ceci mérite réflexions, & je vais aller voir si elle voudra bien de moi.

Mad. DE SAINT-YARD.

Vous n'en devez pas douter.

LE CHEVALIER.

Moi, Madame, je vais vous fuivre.

LA COMTESSE.

Adieu, Madame, je vous reverrai bientôt.

Mad. DE SAINT-YARD.

Allons, partez tous les deux, & ne perdez pas de tems.

LA COMTESSE.

Puifque vous allez venir, j'efpère avoir le plaifir de vous rencontrer.

Mad. DE SAINT-YARD.

Sûrement.

LA COMTESSE.

A propos, Madame, n'oubliez pas Lundi.

Mad DE SAINT-YARD.

Non, non.

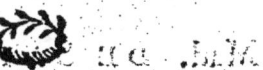

SCÈNE VI.

Mme. DE SAINT-YARD, L'ABBÉ, LEBLANC.

Mad. DE SAINT-YARD.

Eh bien, Leblanc ?

LEBLANC.

Lafrance est revenu. Il a été chez Madame de la Maltiere, on lui a dit qu'elle étoit chez Madame sa sœur, qui demeure au Marais ; il y est allé, & il n'a jamais pu trouver sa Maison.

Mad. DE SAINT-YARD.

Voilà une commission bien faite ! renvoyez-le encore chez elle, peut-être qu'elle sera rentrée ; car il est déjà tard.

LEBLANC.

Je vais l'y envoyer.

Mad. DE SAINT-YARD.

Eh bien, l'Abbé, attendez donc.

L'ABBÉ.

Vous m'avez déjà fait rester, pour être témoin d'un arrangement fort agréable & bien imaginé.

Mad. DE SAINT-YARD.

Que voulez-vous? Cette pauvre petite Madame de Mirvan me faisoit une pitié horrible!

L'ABBÉ.

Pitié!

Mad. DE SAINT-YARD.

Sans doute. Comment, vous qui l'aimez, vous ne trouvez pas bien douloureux pour elle d'avoir comme cela de beaux chevaux tout prêts à partir, & de n'en pouvoir pas profiter.

L'ABBÉ.

Vous voulez aussi qu'elle profite du désir qu'ont ces Messieurs de se lier avec elle.

Mad. DE SAINT-YARD.

C'étoit, sans doute, Madame de Cleranfort qui les menoient?

L'ABBÉ.

L'Abbé.

Ce qui pouvoit lui arriver de plus heureux, à Madame de Mirvan, c'étoit que l'occasion de faire connoissance avec eux fut manquée.

Mad. DE SAINT-YARD.

Tôt ou tard, elle les auroit trouvés dans le monde.

L'Abbé.

Et vous croyez que j'avois mal fait de lui conseiller de les éviter ?

Mad. DE SAINT-YARD.

Je crois ce conseil inutile.

L'Abbé.

Inutile ?

Mad. DE SAINT-YARD.

Oui ; parce que s'ils peuvent lui plaire, il sera bientôt oublié.

L'Abbé.

Madame, je vous souhaite le bon jour.

Mad. DE SAINT-YARD.

Sommes-nous brouillés, l'Abbé ?

F f

L'ABBÉ.

Convenez, Madame, que vous avez cru me faire un mauvais tour.

Mad. DE SAINT-YARD.

Je vous réponds que si j'étois dans le même cas, que Madame de Mirvan, que Madame de la Maltiere me manquât de parole & ne pût pas me mener, j'en serois inconsolable.

L'ABBÉ.

Allons, je ne saurois le croire.

Mad. DE SAINT-YARD.

L'Abbé, prenez bien garde à vous.

L'ABBÉ.

A propos de quoi ?

Mad. DE SAINT-YARD.

De ce que je vous ai dit.

L'ABBÉ.

Je ne m'en souviens pas.

Mad. DE SAINT-YARD.

Que vous étiez jaloux. Vous ne répondez rien ?

L'ABBÉ.

Non.

SCÈNE VII.

Mᵐᴱ. DE SAINT-YARD, LEBLANC, LA BARONNE.

LEBLANC.

MADAME la Baronne de Lorbeck.

Mad. DE SAINT-YARD.

Allons, allons.

LA BARONNE.

Ne vous preffez pas tant.

Mad. DE SAINT-YARD.

Pourquoi donc êtes-vous montée ?

LA BARONNE.

Il le falloit bien.

Ff 2

Mad. DE SAINT-YARD.

Nous n'avons pas de tems à perdre.

LA BARONNE.

Pourquoi faire ?

Mad. DE SAINT-YARD.

Eſt-ce que Madame de la Maltiere n'eſt pas là-bas ?

LA BARONNE.

Non, vraiment.

Mad. DE SAINT-YARD.

Comment donc ?

LA BARONNE.

Vous ne ſavez pas ce qui lui eſt arrivé ?

Mad. DE SAINT-YARD.

Pas un mot.

LA BARONNE.

Comme nous partions pour venir ici, on eſt venu lui dire que ſa ſœur la demandoit, qu'elle alloit accoucher.

Mad. DE SAINT-YARD.

Cela eſt incroyable ! quoi tout d'un coup, comme cela ?

LA BARONNE.

Oui, nous y avons couru, croyant que ce ne feroit que pour dans la nuit, & l'Accoucheur a affuré que ce feroit plutôt, qu'il ne quitteroit pas, & depuis deux heures nous avons toujours attendu le moment.

Mad. DE SAINT-YARD.

Elle n'eſt donc pas accouchée ?

LA BARONNE.

Non, & elle retient fa fœur.

Mad. DE SAINT-YARD.

Cela eſt tout fimple.

LA BARONNE.

Quand Monfieur de la Maltiere a vu cela, il a fait dételer les chevaux, & moi, je me fuis chargée de venir vous inſtruire de ce fâcheux contre-tems.

F f 3

Mad. DE SAINT-YARD.

Si je l'avois fu plutôt, j'ai eu deux occafions dont j'aurois pu profiter.

LA BARONNE.

C'eft que nous avons toujours cru que cela ne fe retarderoit pas affez, pour nous donner le tems qu'il nous falloit.

Mad. DE SAINT-YARD.

Eh! vraiment oui, je conçois cela : ah! mon-dieu, que je fuis fâchée !

LA BARONNE.

Nous le fommes autant que vous. Si vous aviez vu les chevaux, comme tout cela avoit bon air; vos regrets feroient encore bien plus vifs.

Mad. DE SAINT-YARD.

Je ne le crois que trop! ah! ne m'en parlez pas !

LA BARONNE.

Nous n'avons plus de reffources.

Mad. DE SAINT-YARD.

Que ferons-nous donc ?

LA BARONNE.

Si j'avois de meilleurs chevaux, je vous propo-
ferois bien d'y aller ; mais ils nous laifferoient
sûrement en chemin.

Mad. DE SAINT-YARD.

Il ne faut pas nous expofer à effuyer une avanie
pareille.

LA BARONNE.

Non, fans doute.

Mad. DE SAINT-YARD.

Cela feroit une bonne hiftoire, pour ceux qui
favent l'attelage brillant que nous devions avoir.

LA BARONNE.

Quel parti prendre ?

Mad. DE SAINT-YARD.

Mes chevaux font bons, j'en ai quatre, j'ai envie
de les faire mettre, & nous irions fans livrée.

LA BARONNE.

A la bonne heure ; mais il ne faut pas perdre
de tems.

F f 4

Mad. DE SAINT-YARD.

Je m'en vais le faire dire.

LA BARONNE.

Je vais sonner. (*Elle sonne.*)

Mad. DE SAINT-YARD.

On ne saura pas qui nous seront, & comme cela, au moins, nous ne resterons pas ici.

LEBLANC.

Madame n'a-t'elle pas sonné ?

Mad. DE SAINT-YARD.

Oui ; dites au Cocher de mettre les quatre chevaux, & de se dépêcher.

LEBLANC.

Il faut savoir s'il sera ici.

M. DE SAINT-YARD.

Pourquoi n'y seroit-il pas ?

LEBLANC.

Comme il savoit qu'il ne meneroit pas Madame, il pourra bien être sorti.

Mad. DE SAINT-YARD.

Il n'eſt pas poſſible !

LEBLANC.

Pardonnez-moi, Madame ; je me ſouviens, à préſent, que le Poſtillon & lui ſont allés à Té-nèbres.

Mad. DE SAINT-YARD.

A Ténèbres ! où cela ?

LEBLANC.

Ils ne l'ont pas dit.

Mad. DE SAINT-YARD.

Tout me contrarie aujourd'hui !

LA BARONNE.

Si Monſieur de la Maltiere avoit voulu nous prêter ſes chevaux.....

Mad. DE SAINT-YARD.

Voilà, par exemple, ce qu'a fait Madame de Cléranfort, elle les a donnés à Madame de Mir-van, qu'elle ne pouvoit pas mener.

LA BARONNE.

C'eſt qu'elle n'a pas de mari, elle.

Mad. DE SAINT-YARD.

Auſſi elle fait ce qu'elle veut.

LA BARONNE.

Oui, mais elle eſt riche; ſans cela, que ſert d'être veuve ?

Mad. DE SAINT-YARD.

Vous n'en tirez pas grand avantage, vous, Madame la Baronne.

LA BARONNE.

Eh ! mondieu non !

Mad. DE SAINT-YARD.

Ah ! çà, que ferons-nous donc ?

LA BARONNE.

Madame, on m'a dit que le Concert aujour-d'hui ſera excellent, qu'on y chantera beaucoup d'italien.

Mad. DE SAINT-YARD.

Eh bien, il faut y aller.

LA BARONNE.

Nous ferons comme ceux qui y reviendront de Longchamps.

Mad. DE SAINT-YARD.

Et ce fera finir la journée comme tout le monde.

LA BARONNE.

Vous avez raifon ; c'eft imaginé à merveille !

Mad. DE SAINT-YARD.

Je vais envoyer louer une Loge.

LA BARONNE.

Laiffez-moi donc fonner. (*Elle fonne.*)

Mad. DE SAINT-YARD.

Leblanc, allez vous-en tout-à-l'heure au Concert.

LEBLANC.

Où cela, Madame ?

M. DE SAINT-YARD.

Aux Tuileries.

LEBLANC.

Ah ! je fais.

Mad. DE SAINT-YARD.

Et vous loûerez une Loge à quatre places ; ne perdez pas un inftant.

LEBLANC.

Monfieur le Préfident d'Ormentré.

SCÈNE VIII.

LA BARONNE, Mᴹᴱ. DE SAINT-YARD; LE PRÉSIDENT.

Mad. DE SAINT-YARD.

Eʜ ! par quel hafard, aujourd'hui, Préfident ?

LE PRÉSIDENT.

Ma foi, c'eft bien un hafard, comme vous le dites. J'ai refufé d'aller à Longchamps, à caufe du mauvais tems, & vous êtes la douzième porte à laquelle j'ai frappé, je n'ai trouvé perfonne ailleurs.

Mad. DE SAINT-YARD.

Je le crois bien.

LE PRÉSIDENT.

Je vous trouve fort senfées, Mefdames.

LA BARONNE.

Sur quoi donc ?

LE PRÉSIDENT.

Sur ce que vous n'êtes pas allées à Longchamps; ce tems-ci eft trop mal fain, & le plaifir qu'on y peut avoir eft fi peu de chofe, que cela n'en vaut pas la peine.

Mad. DE SAINT-YARD.

Vous croyez qu'il n'y aura rien de beau aujourd'hui ?

LE PRÉSIDENT.

Ah ! pardonnez-moi, quelques attelages, comme ceux que j'ai vu paffei de chez ma belle-fille, qui demeure fur le rempart.

LA BARONNE.

Vous en avez vu ?

LE PRÉSIDENT.

Oui, par exemple, celui de Madame de Guerville.

Mad. DE SAINT-YARD.

Il n'y a rien de si commun !

LE PRÉSIDENT.

Au contraire, Madame ; ce font six jolis chevaux, qui font d'un enfemble parfait !

Mad. DE SAINT-YARD.

Je ne croyois pas cela.

LE PRÉSIDENT.

Rien n'eft plus vrai. Enfuite une voiture traînée par fix chevaux magnifiques, bien enharnachés ;
nous n'avons pas pu deviner à qui ils étoient.

Mad. DE SAINT-YARD.

Et qui étoit dans la voiture ?

LE PRÉSIDENT.

Attendez. Ah ! Madame de Mirvan, la Comteffe de Villepart, le Chevalier de Lanval & le
Marquis de Pérancourt.

Mad. DE SAINT-YARD.

Pleuvoit-il dans ce moment-là ?

LE PRÉSIDENT.

Non, ils feront arrivés très-brillans.

LA BARONNE.

Et en avez-vous vu beaucoup d'autres ?

LE PRÉSIDENT.

Sûrement ; mais voilà ce qu'il y avoit de mieux. Nous avons toujours attendu pour voir paffer ce qu'on nous a dit qu'il y avoit de plus beau.

LA BARONNE.

Quoi donc ?

LE PRÉSIDENT.

Madame de la Maltiere.

Mad. DE SAINT-YARD.

On vous a dit cela ?

LE PRÉSIDENT.

Oui ; il faut qu'elle ait paffé par la ville.

LA BARONNE.

Elle n'y eft pas allée.

LE PRÉSIDENT.

C'est grand dommage !

Mad. DE SAINT-YARD.

Nous le favons bien.

LE PRÉSIDENT.

Vous le favez.

Mad. DE SAINT-YARD.

Nous devions aller avec elle.

LE PRÉSIDENT.

Cela n'est pas poffible ! Et qui vous en a em-
pêchés ?

LA BARONNE.

Sa fœur, qui accouche à préfent, & qui la
retient par conféquent auprès d'elle.

LE PRÉSIDENT.

Voilà une grande contrariété ! En vérité,
Mefdames, je vous plains, & beaucoup.

LA BARONNE.

Auffi fommes-nous très-fâchées !

LE

LE PRÉSIDENT.

C'eſt qu'il n'y a rien de ſi agréable que d'être dans une voiture traînée par des chevaux qui font l'admiration de tout le monde, n'importe à qui ils ſont.

Mad. DE SAINT-YARD.

Voilà ce que je regrette.

LE PRÉSIDENT.

Et vous avez bien raiſon.

Mad. DE SAINT-YARD.

Imaginez-vous que j'ai toujours attendu Madame de la Maltiere ici, juſqu'à ce moment.

LE PRÉSIDENT.

Cela eſt très-piquant !

LA BARONNE.

Et nous voilà à préſent à ne ſavoir que devenir.

LE PRÉSIDENT.

Aujourd'hui, il n'y a que Longchamps.

Mad. DE SAINT-YARD.

Et nous n'en verrons rien ſeulement !

Gg

LE PRÉSIDENT.

Allons, rien n'eſt plus déſeſpérant, il faut en convenir !

Mad. DE SAINT-YARD.

Pour finir la journée comme tout le monde, nous irons au Concert.

LE PRÉSIDENT.

Eh bien ! je ne vous plains plus.

Mad. DE SAINT-YARD.

Non ?

LE PRÉSIDENT.

Il ſera admirable ! Vous pouvez compter que tout Paris y ſera.

LA BARONNE.

Vous le croyez ?

LE PRÉSIDENT.

J'en ſuis ſûr.

Mad. DE SAINT-YARD.

C'eſt toujours une conſolation.

LE PRÉSIDENT.

Mais, je ne vous ai point vue fur la lifte des Loges.

LA BARONNE.

Nous ne venons que d'y envoyer.

LE PRÉSIDENT.

Vous n'en aurez pas.

Mad. DE SAINT-YARD.

Que dites-vous donc ?

LE PRÉSIDENT.

J'ai paffé ce matin chez Mademoifelle Soubra; il y avoit dix Loges de promifes, en cas qu'on en renvoyât.

Mad. DE SAINT-YARD.

Ah! mais; c'eft avoir, auffi, un malheur trop conftant !

LE PRÉSIDENT.

Je fuis bien fâché de vous avoir ôté votre dernière efpérance, je m'enfuis.

Mad. DE SAINT-YARD.

Président, vous verra-t'on ces Fêtes ?

LE PRÉSIDENT.

Non, Madame ; je vais à la Campagne.

SCÈNE IX.

Mᵐᵉ. DE SAINT-YARD, LEBLANC,
LA BARONNE.

LEBLANC.

MADAME, il n'y a pas une Loge à louer.

LA BARONNE.

Nous le favons.

LEBLANC.

J'ai parlé aux Receveurs, qui m'ont dit....

Mad. DE SAINT-YARD.

En voilà affez. Eh bien, Madame, qu'allons-
nous devenir ?

LA BARONNE.

Si vous m'en croyez, nous irons nous placer à l'entrée des Champs-Elifées ; il fera prefque nuit, on ne nous verra pas.

Mad. DE SAINT-YARD.

Et nous verrons paffer tout le monde ; cela eft imaginé à merveille !

LA BARONNE.

Enfuite nous irons, par le rempart, chez la fœur de Madame de la Maltière.

Mad. DE SAINT-YARD.

Lui en demander des nouvelles, & puis nous reviendrons fouper ici ; n'eft-ce pas ?

LA BARONNE.

Affurément ; je ne veux pas vous quitter.

Mad. DE SAINT-YARD.

Nous n'aurons perfonne.

LA BARONNE.

Cela ne me fait rien.

Mad. DE SAINT-YARD.

Pas feulement l'Abbé Dormant ; je crois que je fuis brouillée avec lui.

LA BARONNE.

Pourquoi donc cela ?

Mad. DE SAINT-YARD.

Je vous le conterai en chemin. Allons, partons.

SCÈNE DERNIÈRE.

Mᵐᵉ. DE SAINT-YARD, LA BARONNE; M. DE SAINT-YARD.

LA BARONNE.

Aн! voilà Monſieur de Saint-Yard?

M. DE SAINT-YARD.

Quoi, Meſdames, vous êtes déjà de retour?

Mad. DE SAINT-YARD.

Oui, Monſieur; nous n'avons pas voulu reſter plus tard.

M. DE SAINT-YARD.

Cela eſt très-bien fait à vous; voilà qui eſt on ne peut pas plus ſenſé!

LA BARONNE.

Il y avoit beaucoup d'humidité dans l'air.

M. DE SAINT-YARD.

Vous voyez bien, Madame, que j'avois raiſon de vous le dire tantôt.

Gg 4

Mad. DE SAINT-YARD.

Oh! vous êtes toujours d'une prévoyance admirable, vous!

M. DE SAINT-YARD.

Mais vous verrez que vous vous en trouverez bien; j'aurois pourtant été fâché de vous avoir empêchées d'aller à Longchamps; car tout ce qui y eſt arrivé, a été réellement très-plaiſant. Vous devez l'avoir trouvé comme tout le monde?

Mad. DE SAINT-YARD.

Sans contredit.

M. DE SAINT-YARD.

Pour moi, j'ai cru que j'étoufferois à force d'en rire, & quand j'y penſe encore..... Quoi donc, vous n'en auriez pas ri?

LA BARONNE.

Pardonnez moi.

M. DE SAINT-YARD.

L'aventure étoit unique! ou pour mieux dire, les aventures: avez-vous remarqué comme elles ſe ſuccédoient?

Mad. DE SAINT-YARD, *à la Baronne.*

Il m'impatiente !

M. DE SAINT-YARD.

Quoi! vous n'avez pas trouvé tout cela du dernier ridicule ; cette voiture rouge & verte, ces wiskys verfés l'un fur l'autre, fans qu'on pût arrêter les chevaux qui les menoient, & ces filles qui étoient embarraffées dans tout cela, & qui crioient.... Ah! mon dieu, que j'en ai ri! N'en avez-vous pas ri, vous, Madame la Baronne?

LA BARONNE.

Ah ! beaucoup.

M. DE SAINT-YARD.

Tout cela m'a fi fort occupé, que je n'ai pas vu paffer la voiture où vous étiez : j'ai bien vu celle de Madame de Mirvan & celle de Madame de Villepart ; je n'ai jamais vu un attelage plus charmant !

Mad. DE SAINT-YARD.

On nous l'a dit.

M. DE SAINT-YARD.

Quoi, vous ne l'avez pas vu ?

Mad. DE SAINT-YARD.

Qu'est-ce que je dis donc ? Nous l'avons sûrement vu cinq ou six fois passer & repasser.

M. DE SAINT-YARD.

Et toutes les vraies voitures angloises, comment
les avez-vous trouvées ?

LA BARONNE.

Admirablement bien !

M. DE SAINT-YARD.

Je ne conçois pas où vous avez pu être.

Mad. DE SAINT-YARD.

Mais, par-tout.

M. DE SAINT-YARD.

J'y ai été par-tout. Est-ce que vous auriez eu
peur de la foule ?

Mad. DE SAINT-YARD.

Qu'est-ce que cela vous fait ?

M. DE SAINT-YARD.

C'est qu'il est singulier... Ah! je comprends ; vous n'avez pas voulu vous trop engager, afin de pouvoir revenir de bonne-heure.

Mad. DE SAINT-YARD.

C'est cela même.

M. DE SAINT-YARD.

C'est avoir un peu suivi mon conseil, & je vous en remercie.

Mad. DE SAINT-YARD.

Vous êtes prodigieusement honnête ! mais que venez-vous faire ici à l'heure qu'il est ?

M. DE SAINT-YARD.

J'y viens chercher un Roman nouveau, que j'ai promis à Madame de Guerville, parce qu'elle va revenir de Longchamps.

LA BARONNE.

Déjà ?

M. DE SAINT-YARD.

Oui ; elle ne veut pas manquer le Concert.

Mad. DE SAINT-YARD.

Elle ira ?

M. DE SAINT-YARD.

Elle y eſt peut-être déjà arrivée.

LA BARONNE.

Et, a-t'elle des places à donner ?

M. DE SAINT-YARD.

Elle en avoit trois, qu'elle a données à des femmes qu'elle a rencontrées.

Mad. DE SAINT-YARD.

Si j'avois été avec elle, j'en aurois eu ſûrement au moins une.

M. DE SAINT-YARD.

Et Madame la Baronne auſſi, & vous auriez été toutes les deux fort aiſes ; parce que le Concert ſera admirable aujourd'hui, à ce que m'a dit le Préſident.

Mad. DE SAINT-YARD.

Vous l'avez vu ?

M. DE SAINT-YARD.

Oui ; j'ai caufé un moment là-bas avec lui en arrivant. Ah ! çà, partez-donc plutôt que plus tard pour le Concert, vous ne fauriez arriver trop tôt.

Mad. DE SAINT-YARD.

Pardi, vous êtes un grand monftre !

M. DE SAINT-YARD.

Moi ?

Mad. DE SAINT-YARD.

Oui, vous.

M. DE SAINT-YARD.

Et à propos de quoi ?

Mad. DE SAINT-YARD.

Parce que vous favez tous nos malheurs.

M. DE SAINT-YARD.

Que vous eft-il donc arrivé ?

LA BARONNE.

Allons, Madame ; ne l'écoutez pas, & partons.

M. DE SAINT-YARD.

Je veux savoir tout cela, souperez-vous ici ?

Mad. DE SAINT-YARD.

Sûrement.

M. DE SAINT-YARD.

Je reviendrai vous tenir compagnie.

Fin de la sixième & dernière partie.